planet berlin

Edition **BoD**

Über das Buch:

»planet berlin« ist Roman und Reiseführer gleichermaßen. Mit Spannung, Witz, und sprachlichem Geschick führt der Autor durch die Hauptstadt und lädt sein Publikum auf einen literarischen Raumflug durch die Atmosphäre Berlins ein. Der Leser schliesst die Augen und fühlt die Geschwindigkeit der Stadt. Die Beats des Molochs lassen seine Ohren glühen. Die Gerüche der Vergangenheit prallen auf die postmodernen Fassaden der Neuzeit. Er spürt die Spannung, die Berlin wie ein Lichtbogen umschlingt und deren Enden zärtlich in den sandigen Boden eindringen. Ost und West scheinen überwunden zu sein. Vereinen sich zu einem neuen Gefühl, das Wahnsinn heißt. Das Freiheit bedeutet. Barbarisch. Sympathisch. Aufbruch und Abbruch.

Über den Autor:

Ralf Richert, geboren 1972 in Berlin, studierte Publizistik und Kommunikationswissenschaft an der Freien Universität der Hauptstadt. Er arbeitete als Journalist für verschiedene Print- und Onlinemedien. Nach seiner Tätigkeit als TV-Redakteur wechselte er in die Kommunikationsabteilung einer global tätigen Unter-nehmensberatung. Heute lebt und arbeitet er in der Schweiz. »planet berlin« ist sein erster Roman.

ralf richert

planet berlin

Stadtroman

Edition BOD

Bücher für Entdecker

Die Books on Demand GmbH bietet Autoren durch die Zusammenführung von neuer Drucktechnologie und klassischen Vertriebswegen eine moderne Verlagsplattform zur Veröffentlichung ihrer Werke. Viele Debütanten, etablierte Autoren und engagierte Verleger nutzen den Publikationsservice von Books on Demand und bereichern den Buchmarkt mit vielfältigen und individuellen Titeln. Mit »BoD Regional« hat BoD eine Reihe ins Leben gerufen, in der herausragende Neuerscheinungen mit regionalem Bezug einen besonderen Platz finden. Lesen Sie selbst, welche Entdeckungen das Programm von Books on Demand möglich macht.

Mehr Infos auch auf www.bod.de.

Bibliografische Information der Deutschen Bibliothek:
Die Deutsche Bibliothek verzeichnet diese Publikation in der Deutschen Nationalbibliografie;
detaillierte Daten sind im Internet über
<http://dnb.ddb.de> abrufbar.

© 2006 Ralf Richert
Grafik/Layout: Andreas Müller
Lektorat: Jana Lehmann, Angela Pinelli, Anja Bär
Herstellung und Verlag: Books on Demand GmbH, Norderstedt
ISBN 3-8334-3964-5

Inhalt

Smell the flowers while you can...

David Wojnarowicz

Schleier der Sehnsucht

Ein junger Mann steigt aus dem Zug. Der junge Mann trägt eine Cordhose. Cord ist der Stoff aus dem die Helden sind. Der junge Mann bin ich. Ich heiße Malte und komme aus Malente. Malente liegt verwunschen in der Holsteinschen Schweiz und wartet wie Schneewittchen darauf, aus dem Winterschlaf geküsst zu werden. Manchmal liege auch ich einfach nur so da. Spüre den sanften Pollenflug grüner Wiesen und den beißenden Geruch kompostierter Kuhfladen. Schmalzfliegen tänzeln auf meiner Nase und summen den Sommer an.

Meine Cordhosen sind recht eng – vielleicht sogar zu kurz. Dafür aber modisch beige und längs gestreift. Nicht so feinmaschige Streifen. Nein, so richtig fette Rippen. Die machen schlank. Schlank wäre gut, bin nämlich ein bisschen zu breit. Kommt vom Bahnfahren und im Flieger sitzen. Da helfen auch die Anti-Blut-stau-Übungen nichts oder wie auch immer diese Problemzonengymnastik heißt. Das Gefährliche aus der Kombination von grobmaschigen Cordhosen tragen und nicht-immer-aber-immer-öfter Zugfahren ist, dass die Deutsche Bahn-Sitze auf Dauer wie Schleifpapier wirken. Deshalb sehe ich am Hintern schon gar nicht mehr so schlank aus, weil dort die Cordhosen schon mindestens 3 Millimeter abgetragen sind. Das Problem an Cordhosen ist, dass Regentropfen meinen, Cordhosen wären Wasserspeicher und somit eine sichere Bleibe. So ähnlich funktioniert das auch bei Kamelen. Da tropft der Regen, der nie fällt, oben in die Höcker rein. Und wenn man mal so fast vorm Verdursten ist, dann nimmt man sich einen Dosenöffner und genehmigt sich so einen richtig großen Schluck. Zum Glück hat's im ICE nicht geregnet.

Auch hier unterm Dach des Bahnhofs Zoologischer Garten ist es trocken. Für Fahrgäste der ersten und zweiten Klasse herrschen dieselben klimatischen Bedingungen. Mein Blick schweift auf den Boden. Das ist so üblich in Berlin – wegen der Hundekacke sagt man. Aber außer Taubenschiss und plattgewalzten Kaugummis, erkenne ich nichts Verdächtiges.

Frage mich nur, wo die rote Farbe der Hubba Bubba Bubble Gums abgeblieben ist, die ich als Kind gerne und meist im Doppelpack genossen habe. Vielleicht machen sich ja kleine, aber gut organisierte Armeen von Ameisen täglich auf den Weg zum Bahnhof Zoo, um die roten Farbpigmente aus dem Kautschuk zu saugen, bevor sich die klebrige Masse zu Beton wandelt. Dann nehmen sie irgendwann selbst die Farbe der süßen Masse an. Ohne jetzt zu politisch zu werden, aber vielleicht ist ja so die erste Rote Armee Fraktion entstanden? Dazu müsste man allerdings mal einen echten Experten befragen. Unseren Innenminister zum Beispiel. Der residiert ja nur ein paar hundert Meter die Spree aufwärts im Ministerium des Inneren. Von außen lässt sich übrigens kein Blick in das Innere des Innenministeriums erhaschen, da die verspiegelten Scheiben nur den Blick aus dem Inneren nach außen gewähren. Politik findet eben doch hinter verschlossenen Fenstern und Türen statt.

Hinter mir verabschiedet sich der ICE schon wieder in Richtung Waschstraße. Soll ja auch morgen wieder hübsch glänzen und durch Deutschlands blühende Landschaften strahlen. Habe immer noch die Kaugummis im Hintersinn. Haben mich wohl doch entscheidender geprägt als ich bislang annahm. Na immerhin hat mein Bruder seine Frisur zu einem nicht unerheblichen Teil der Kindheit der Kaugummiindustrie zu verdanken. Neigten sich nämlich die prallgefüllten Blasen ihrem Elastizitätsende zu, umschlungen die kleinen Fasern unwiderstehlich jeden noch so kleinen Winkel des frisch gekämmten Scheitels. Da half dann auch kein augenfreundliches Apfelshampoo mehr. Und so wurde dank frisch geschliffener Haushaltsschere aus Scheitel Igel. Vokuhila war geboren – und das zum Nulltarif. Für dasselbe Ergebnis zahlt er heute beim freundlichen Friseur von nebenan 20 Euro. Zu dem sollte der Innenminister nebenbei gesagt auch mal wieder gehen… oder Kaugummi kauen.

Die Bahnhofsdurchsage reißt mich unsanft aus der abwärtsgerichteten philosophischen Gedankenpause. Berliner Schnauze in Verbindung mit dezibelschwangeren Lautsprechern ist nichts für Zartbesaitete. Eine kurze Phase der visuellen Orientierung genügt, um den Ausgang anzupeilen und die körpereigene Grobmotorik in Richtung Treppen in Bewegung zu setzen. Vorbei an den erwachsen gewordenen Kindern des Bahnhofs Zoo und den nicht mehr existenten Drogenabhängigen der 80er Jahre macht sich ein leichtes Gefühl der Enttäuschung breit. Wo ist all das Elend, das Funkige und Punkige, das Miefige und der Dreck? Nichts zu sehen von

grün gefärbten Irokesenfrisuren und achtlos weggeworfenen Einwegsprit-
zen. Keine Spur von urinierenden Ruinierten. Ganz im Gegenteil: Mir
schreit ein hochglanzpolierter und von muskelbepackten Sicherheitsor-
ganen kontrollierter Bahnhof entgegen: Wach auf! Wir haben das Jahr
2005! Berlin ist nun wieder wer!

O. K. Gebongt!

Vorbei an Pizza Hütten und Fischer Fritzes frischen Nordseefischen
geht's auf plattgeschmirgelten Vorkriegspflastersteinen zum freundlichen
Busfahrer der Linie 100. Mein 70 Liter Rucksack schlägt dabei in sinus-
förmigen Schwingungen mal rechts mal links gegen frühpensionierte
Rentnerinnen mit hochtoupierten Vogelnestern auf kalkgefüllten Denk-
maschinen. 100 minus 70 macht übrigens 30 – und das ist rein zufäl-
lig mein aktuelles Lebensalter. Das interessiert die mich umgebenden
Touristen allerdings leidlich – und mich eigentlich auch nicht. Die erste
hormonelle Krise ist schon längst überwunden und für sexy graue Haare
à la Richard Gere reicht es noch nicht.

Vor mir haben sich mittlerweile zwei gutbürgerliche, schwerbäuchige
Spätachtundsechziger im schwäbischen Partnerlook (Tchibo-Regenjacken
im Doppelpack) breit gemacht. Ich lausche ihren säuselnden Rotweinstim-
men und fühle mich so gar nicht hauptstädtisch. Sie deuten freudig erregt
auf die kuppellose Kaiser-Wilhelm-Gedächtniskirche und schockieren sich
über ihren historischen Dachschaden. Noch bevor genügend Zeit bleibt
den bunten Prachtbau nebenan zu bestaunen, taucht der Bus tunnelwärts
in die Budapester Straße ab. Und taucht nach einer kurzen Staugedenk-
minute wieder auf. Da ist die Kirche schon Vergangenheit – umso gegen-
wärtiger strahlt dafür das Europa Center seinen angestaubten Charme
in das Oberdeck der Touristenkutsche. Was einst als größtes und wag-
halsigstes Unternehmen der Berliner Pleitebaugeschichte in Angriff genommen wurde, kann heute höchstens noch arbeitslose Kosmonauten
aus der kasachischen Steppe in Verzückung bringen. Apropos Kasachstan:
hinter mir gurgeln ehemalige UdSSR-Bürger in unverständlichen Sing-
Sang-Lauten vermutlich über die Statussymbole der kapitalistischen Welt.
Ich versuche mir imaginär ihre sozialistische Brille aufzusetzen und die
nächsten Fahrminuten aus der Perspektive eines Lada- oder Moskwitsch-
fahrers zu erleben: Da heißt es erst mal Scheibenwischer anschmeißen.
All der Präriestaub und zerquetschte tschernobylmutierte Rieseninsekten
hinterlassen unschöne Schleimspuren auf der Windschutzscheibe. Zum

Glück ist der Wasserbehälter mit hochprozentigem Wodka gefüllt, der eine Waschleistung wie der Weisse Riese entfaltet. Mit Glasnost im Sinn und Perestroika im Herzen kommt allmählich der Durchblick – da tun sich ungeahnte Perspektiven auf: Durch mehr oder weniger künstlerisch wertvoll gescratchte Fensterscheiben präsentiert sich eine Welt voller Mercedes- und BMW-Nobelkarossen, die sich sanft chauffiert auf den Rückweg zu ihren Wochenendvillen mit Blick auf den glasklaren Wannsee machen. Dort werden sie auf vergoldeten Kieselsteinen zärtlich geparkt und ihrem wohlverdienten Wellnessprogramm überlassen. Nadelstreifentragende Landschaftsgärtner kümmern sich dann liebevoll mit Kamelhaarputzlappen und Trüffelwasser um den streifenlosen Glanz der platinbeschichteten Felgen, auf das sich ihre Lackschühchen darin spiegeln. Um die kniggekonformen Automobilbetreuer kümmern sich wiederum ganzkörperfrisierte Hausdamen mit tiefen Ausschnitten und flachgeschliffenen Brillanten, die sie stolz um ihre blassen Schwanenhälse tragen – was kostet die Welt?! Halleluja. So ungefähr sieht das wohl aus, wenn der Schleier der Sehnsucht über eine Stadt der puren Leidenschaft gelegt wird.

Mit einem scharfen Haken schleudert der Busfahrer sein Gefährt und dessen Insassen um den Olof-Palme-Platz. Einen Mikrometer zu viel, und die internationale Fahrgemeinschaft wäre ins Aquarium gerast. Stelle mir das gerade adrenalingepusht vor, und sehe schon neben Katzenhaien, Zitteraalen und Riesenschildkröten flauschige Taranteln vor meinem spinnennetzverhangenen geistigen Auge im Bus umherwuseln. Dann würden zumindest mal die rotfarbenen Notfallhämmer der Berliner Verkehrsbetriebe ihrem eigentlichen Zweck zugeführt werden können – denke ich noch so. Geht ja aber auch nicht, da die Mehrzahl dieser mit einer Diamantspitze versehenen Werkzeuge bereits entwendet wurde und sich jetzt in Form von Riesenklunkern am Ringfinger der hinter mir sitzenden GUS-Delegation befindet.

Dem schwäbischen Traumpaar ist indes unbemerkt der aktuelle Flugplan des Flughafen Tegels aufgrund der freigewordenen kinetischen Kräfte aus dem farbenfrohen Eastpack-Rucksack entwichen, und sanft in meinem Schoß gelandet. Hoch erfreut über dieses »Wir können alles – außer Hochdeutsch« Gastgeschenk kann ich der Versuchung einer solch noblen Lektüre natürlich nicht länger widerstehen. Beim lustlosen Durchblättern eben dieses literarischen Meisterwerkes fällt mir auf, dass es doch allen Ernstes keine einzige Direktverbindung Berlin – USA gibt.

Das nennt sich dann also Hauptstadt, Weltstadt und place to be. Zum Glück will ich zurzeit nicht in das texanische Königreich reisen, und von daher interpretiere ich die Nicht-Anbindung an die letzte Weltmacht unseres Planeten als ein positives politisches Signal. Da verzichte ich doch freiwillig auf das Peter Stuyvesant-Freiheitsgefühl. Das kann man auch im »wilden Osten« des westlichsten Außenpostens Sibiriens – nämlich Berlin – erleben. Genau in diese Richtung setzt der 100er seine Fahrt fort, nachdem sich Mensch und Material wieder eingependelt haben.

Vorbei an den quer-, längs-, hoch- und runtersubventionierten »Beste-City-Lage«-Appartements der Bonner Staatsdiener und ihrem Gefolge, erhaschen meine reizüberfluteten Augen einen ersten Blick auf den Landwehrkanal. Dieses Flüsschen kann kein Wässerchen trüben – worüber ums Überleben kämpfendes, nach Sauerstoff schnorchelndes Fischgetier durchaus geteilter Meinung ist. Der grünlich schimmernde Seitenarm der Spree trägt auf seinen seifenschaumgekrönten Wogen moderne Ausflugsdampfer scheinbar schwerelos durch die Stadt. Klangvolle Namen wie »Spreekrone« oder »Vaterland« suggerieren ein heimeliges Kreuzfahrtgefühl. Trotz dieser objektiv lieblichen Stimmung vermute ich aus eigener Erfahrung ein gewisses Unruhepotential auf dem Kutter. Sozusagen die Meuterei auf der Spreewald-Bounty:

Im Unterdeck des Klippers prügeln sich silikonisierte Perückenträgerinnen im Doppelpack wahlweise um Kännchen Kaffee und Streuselkuchen mit Sahnehäubchen. Dabei erzürnen sie sich zu allem Überfluss über das taktlose Gestampfe auf dem Freiluftdeck, das ihren gewohnten Lärmpegel eines durchschnittlichen Bridge-oder Backgammonabends deutlich überschreitet. Selbst das regelmäßige Schaukeln des Wassergefährts, das einer embryonalen Fruchtwasserplanschpartie doch ziemlich ähnelt, kann die affektierten Gemüter nicht beruhigen. Die Eröffnung des heißkalten Buffets steigert die wechseljahrgeprägten hormonellen Ausfallerscheinungen ins Unerträgliche. Fettige Hähnchenschenkel und aufgewärmte Buletten werden bei prickelndem AldiProsecco gereicht. Lauwarme Kellner offerieren tiefgefrorene Kanapees zu wohl temperierten Currywürsten. Untermalt wird dieser kulinarische Super-GAU durch musikalische Evergreens von senilen Berliner Entertainern, an denen der Zenith schon längst – aber nicht schadlos – vorbeigeschritten ist.

Der cremefarbene Omnibus bockt an den Nordischen Botschaften vorüber. Ein Hauch von isländischer Gletscherluft und dänischen

Tannenwäldern strömt durch die Klappfenster. Auf der linken Seite huscht die monumentale Parteizentrale der CDU vorbei. Bilde mir ein, im obersten Stockwerk Frau Merkel erkannt zu haben. War wohl aber doch nur die Reinigungsassistentin, die mit ihrem Wischmob noch in letzter Sekunde die Schwarzgelder unter den Tisch gekehrt hat. Aus dem obersten Stock der christlichen Macht- und Schaltzentrale lässt sich nicht nur fast ein Blick auf die Schwesterpartei im fernen Bayern, sondern auch auf die wesentlich näher gelegene Siegessäule, die die Berliner liebevoll *Goldelse* nennen, erhaschen. Eingebettet im wildschweingeplagten und körperflüssigkeitsgetränkten Grossen Tiergarten strahlt sie einen Charme wie ein Jesuit auf Speed aus. An ihrem marmornen Fuß tummeln sich verirrte japanische Touristen, die die Überquerung des fünfspurigen Kreisverkehrs als eine Art sportliche Herausforderung ansehen. Das kann natürlich nur funktionieren, so lange nicht gedopte Technojünger um die Sehenswürdigkeit hüpfen. Denn rund um das monumentale Fundament findet ja bekanntermaßen die jährliche Abschlusskundgebung der »Friede, Freude, Eierkuchen-Parade« statt. Dr. Motte gibt dort seine verklärten Alltagsphilosophien zum Besten, und fordert öffentlich zur Steigerung der Geburtenrate auf. Dieses Prinzip ist dem Kölner Jäckenvolk schon lange geläufig, und so wundert es den Kenner nicht, dass ein erogenes Band der Freundschaft zwischen diesen beiden Veranstaltungen hochgehalten wird.

Der Buschauffeur – nennen wir ihn mal Herrn Konopke – manövriert sein Arbeitsgefährt ohne Mühe durch das Verkehrsgewusel und findet zielstrebig die richtige Ausfahrt in Richtung Schloss Bellevue. Dass er dabei diverse motorisierte Aus-, In- und Umländer geschnitten und sie somit zum Fluchen gebracht hat, interessiert ihn nur peripher. Bus- und Taxifahrer – das merkt man schnell – haben in Berlin eine eingebaute Vorfahrt. Was aus den todesmutigen Japanern geworden ist, konnte ich leider nicht erkennen, da die Heckscheibe des 100ers blickdicht mit einer Werbefolie für die Erotikmesse »Venus« verhangen ist. Die hat Herr Konopke sicherlich eigenhändig dort oben in der Rekordzeit von zwölf Minuten auf seinem Dreizehn-Tonner angebracht und sich anschließend innerhalb von elf Minuten zehn mal einen runtergeholt. Na, lassen wir mal alle Neune gerade sein.

Am Sitz des Bundespräsidenten patrouillieren wie eh und je Bundesbeamte mit zwei Sternen auf den gepolsterten Schultern und Bundes-Schäferhunde mit drei Stücken Frolic im Fressapparat. Die gesetzlich

14

verordnete Tragepflicht von Maulkörben wurde im Übrigen per einstweiliger Verfügung (Dieter Bohlen spricht in seinen Memoiren schon gekonnt von EV′s) für die staatsdienenden Kläffer außer Kraft gesetzt. Manche Köter sind gleicher als andere. So kann ich beobachten, wie ihr Geifer und Sabber ungehindert in rauen Mengen auf die stahlkappengefütterten Stiefel der pflichtbewussten Schlosswächter tropft. Die können sich wiederum nicht mal eben so bücken, um für porentiefen Glanz auf ihrem Schuhwerk zu sorgen, da sie sich ansonsten ihre selbst finanzierten Schusswesten schmerzhaft in die Leisten rammen würden und sich dabei womöglich noch ein Schuss aus ihren scharf geladenen Dienstwaffen löste. Für diese erschwerten Arbeitsbedingungen hätten sie eigentlich das Bundesverdienstkreuz verdient. Ist ja aber niemand da, der ihnen den schmucken Orden um den bulligen Stiernacken hängen könnte. Denn die nicht gehisste Nationalflagge deutet unmissverständlich darauf hin, dass der höchste Repräsentant unserer stolzen Republik momentan nicht in einem seiner Gemächer weilt. Herr Köhler macht blau! Und das am Sonntag. Dafür steigt aber seine jung gebliebene Benefizgattin soeben politically correct in unsere Droschke ein. Frage mich, ob sie eine Premium Umweltmarke ABC mit ganzjähriger Gültigkeitsdauer besitzt. Die Antwort ergibt sich aber wie von selbst, als ich das Pfeifen des Fahrkartenentwerters erlausche. Kann sich also nur um einen Einzelfahrausweis, eine Tageskarte oder die viel gerühmte Welcome Card handeln, in deren Besitz ich nebenbei bemerkt auch bin. Nehme aber mal an, dass die First Lady länger als 72 Stunden in der Stadt verweilen möchte, und somit bleiben nach reiflicher Überlegung nur noch die ersten beiden Varianten übrig. Frage mich im gleichen Moment, wieso ich eigentlich die Welcome Card mein Eigen nennen darf. Will ja doch etwas länger im schmucken Berlin ausharren. Und so günstig ist das Angebot dann auch wieder nicht. Das haken wir dann mal als Fehlinvestition ab.

Herr Konopke bugsiert seinen Doppelstöcker (diesmal etwas sanfter) in die John-Foster-Dulles-Allee. Eine Spur von verbrauchter fossiler Energie durchtränkt die abgestandene Luft im mittlerweile gut gefüllten Oberdeck. Durch die poröse Deckenlandschaft gesellt sich neben der viel gepriesenen Berliner Hauptstadtluft zusätzlich ein angenehm animierender Grillfleischduft. Diesen türkischen Beitrag zur nasalen Völkerverständigung weiß man hier in unmittelbarer Nähe zum Haus der Kulturen der Welt sehr zu schätzen. Mein Magen sieht das etwas differenzierter und bekundet seine Mangelversorgung mit einem orchestralen Knurren. Kann jetzt aber auch nicht einfach das s(t)inkende Schiff verlassen, um mich am kohlenmonoxidangereicherten Lammfleisch zu verköstigen. Zumal die Sprachbarriere und mein aggressiver Mehrtagesbart ihr übriges dazu tun würden, anstelle eines Stücks Lammfleisch in den Mund eher eine Lammkeule über den Kopf zu bekommen. Und so verweile ich mit der bundespräsidialen Gattin, den postkommunistischen Profiteuren, den Schwabenkrauts und sonstigen lustigen Launen der Natur in Herrn Konopkes Obhut.

Gemächlich, ja fast in Zeitlupenstimmung, setzen wir unseren Weg durch die verkehrsberuhigte 30er Zone in Richtung Reichstag fort. Mein Herz holt spontan zu einigen Luftsprüngen aus, als ich die Kuppel des monumentalen Prachtbaus durch den frühsommerlichen Baumkronendschungel entdecke. Das letzte Mal als ich den Reichstag erblickte, machten sich gerade Frau Jeanne-Claude und Herr Christo an die weihnachtlich anmutende Verpackung eben dieses geschichtsträchtigen Gebäudes. Ich halte diese Aktion für die bisher am besten gelungenste Arbeitsbeschaffungsmassnahme der Nachwendeära. Gelangweilte Studenten konnten für einen üppigen Stundenlohn Stofffetzen an das Volk verteilen, motivierte Berufsalpinisten halfen die tonnenschweren Stoffe in ihre Bahnen zu lenken und obdachlosenzeitungsverkaufende Kleinkünstler verdienten sich mühelos ihren Lebensunterhalt, ohne sich als aidskranke, fastblinde, sozial zerrüttete Franks oder Detlefs ausgeben zu müssen. Von mir aus hätte man die silbrig glänzende Schuppenhaut nie wieder entfernen sollen. Wer weiß, welch gigantisches Gewerbe sich noch um dieses architektonische Weltwunder etabliert hätte – dann gäbe es heute keine Rede mehr von Rezession. Vielleicht.

Free your mind and your ass will follow

Lars aus Trier mag es bequem. Bahn fahren widerspricht seinen egomanischen Qualitätsansprüchen. Daher fiel die Entscheidung, den Billigflieger von Frankfurt-Hahn zu nehmen, alles andere als schwer. Schließlich kostet der Flug nach Berlin-Schönefeld kaum mehr als eine Doppel-CD der Beatles – inklusive digitales Remastering und analog kreativer Cover-Neugestaltung. Die Taxifahrt zum Flughafen orientiert sich allerdings weiterhin an apothekerischen Berechnungsgrundlagen. In der subjektiven Wahrnehmung herrscht natürlich das Gefühl vor, dem Abzockerstaat ein Schnippchen geschlagen zu haben. Die objektive Wahrnehmung schlägt Lars aber spätestens dann mitten ins Gesicht, wenn die VISA Gold Abrechnung federleicht ins Haus schwebt und tonnenschwere Löcher ins Girokonto sprengt. Aber das geschieht ja frühestens in vier Wochen, so dass dem unbeschwerten Geldverjubeln höchstens die Überzugslimite im Weg steht.

Die Bestuhlung des Low-Cost-Carriers wurde anscheinend für Personen konzipiert, die das Grundschulalter noch nicht annähernd erreicht haben. Lars ist aber auch in solchen Situationen ganz Profi und windet sich wie ein Korkenzieher in den Spalt zwischen Aufklapptischchen und ergonomisch geformter Rückenlehne. Die Putzequipe stand augenscheinlich unter ziemlichen Zeitdruck. Unter seinem 28-jährigen Hinterteil spürt er Brotkrümel knacken und bedingt durch die sommerliche Luftfeuchtigkeit sich zu einem breiigen Teig vereinen. Dieses unwohlige Gefühl wird durch eine offensichtlich fleißig genutzte Kotztüte (Sorry, habe kein eleganteres Wort dafür gefunden) – oder zumindest durch ihre geruchstechnischen Rückstände – in einem nach Schadenersatz schreienden Maß verstärkt. Da hilft lediglich ein sehnsüchtiger Blick in die Freiheit über den Wolken. Eben dieser ist unglücklicherweise durch hochfrisierte, haarige Angelegenheiten und überdimensionierte spreewaldölpolierte Glatzen undurchdringlich verdeckt. Und so ziehen die Miniaturlandschaften Deutschlands unbeachtet an Lars vorbei. Kaum ist die ozonschädigende

Reiseflughöhe erreicht, werden pappige Sandwiches und blasentreibende Getränke für teure Euro von lächelnden Flugbegleiterinnen verscherbelt. Seitdem das servierende Flugpersonal am Umsatz der luftigen Minibar beteiligt ist, hat die aufgesetzte Freundlichkeit längst das Niveau eines mallorquinischen Wärmedeckenverkäufers erreicht. Unverdrossen preisen sie wie auf einem orientalischen Basar ihre Waren an, bevor der albanische Kapitän und sein mongolischer Copilot die Passagiere in fremdartigen Sprachfetzen auf die bevorstehende Landung vorbereiten.

Geiz ist doch nicht so geil denkt sich Lars, als die Maschine stumpf auf der Piste aufschlägt und quietschend zum Stehen kommt. Nachdem sich die Passagiere noch für eine endlos erscheinende Zeitspanne in Demutshaltung bandscheibenstrapazierend unter den überfüllten Gepäckablagen gedulden müssen, öffnet die Chefstewardess mit einem saugenden Klacken die vordere Tür und gibt somit den Blick auf das planwirtschaftgeprägte Ankunftsterminal frei. Wo früher mausgraue Interflug- und Aeroflotrepräsentanten widerwillig aber parteitreu ihren Dienst taten, strahlen dem heimkommenden Berliner bereits wieder die aktuellsten Last Minute Angebote auf bunten Pappkartons und Leuchtbändern entgegen. Mittlerweile ist ein Kurztrip auf die kanarischen Partyinseln günstiger als ein 12er Abonnement für ein schmuckloses Solarium.

Lars empfängt seinen Samsonite-Trolley. Die Erleichterung ist jeweils deutlich zu spüren, wenn sich die persönlichen Habseligkeiten auf dem Weg vom Check-in bis zur Gepäckausgabe am Zielort nicht verirrten und aus dem richtigen, druckluftausgeglichenen Frachtraum wieder ausgespuckt werden. Nicht, dass sich wirklich Wertvolles in dem luftgefederten und mit Elektromotor nachrüstbaren Kofferwagen befindet. Die emotionale Bindung an einige lieb gewonnene Kleidungsstücke ist jedoch nicht zu unterschätzen.

Die elektrische Schiebetür der Empfangshalle weist den Weg nach außen. Glänzende Mietwagen und staubige Taxis sind die ersten Lichtblitze, die auf seine trockene Netzhaut fallen und sich Sekundenbruchteile später im Gehirn zu einem Abbild der Realität zusammenbauen. Besonders reizvoll ist diese Realität allerdings nicht, denkt sich Lars und zerrt sein rollendes Mobiliar in Richtung S-Bahnhof Flughafen Berlin-Schönefeld. Tausende von Pflastersteinen, deren Ecken und Kanten selten eine plane Oberfläche bilden, fordern das Letzte aus dem Hightech-Gerät heraus. Ganz ohne Zwischenfälle erreicht Lars die Unterführung zur S9 – der

Linie, die ihn zum Hackeschen Markt in Berlins neuer Mitte bringen soll. Hier unten tummeln sich interessante Gestalten: Vietnamesen, die je nach Klientel wechselweise weiße Tennissocken oder auffällig billige Tabakwaren anbieten. Tamilen, die sich mit dem Verkauf von Blumengestecken und gefälschtem Galapagosdünger, der sich bei Gebrauch als märkischer Wüstensand entpuppt, über Wasser halten. Junge Azubis, an denen gut gemeinte Arbeitsbeschaffungsmassnahmen erfolglos vorbeigeschrammt sind, verkaufen Laugenbrezeln und Schinken-Käse-Stangen an rotwangige Berufstrinker und picklige Billigzuhälter. Den Aufgang zum Gleis 12 säumen verblendete Pseudonazis, die sich seelenruhig einen Kamillentee zu Gemüte führen.

Die rotgelbe S-Bahn steht schon abfahrbereit in den geschienten Startlöchern. Ein urinöser Duft wabert durch die Waggons. Das veloursbezogene Plastik der Bestuhlung saugt sich mit Vehemenz an Lars schweißdurchtränktes T-Shirt fest. Die Trennung dieser beiden artfremden Materien kann mit dem feinsäuberlichen Separieren siamesischer Zwillinge verglichen werden. Lars Blick schweift durch unwirkliche Betonlandschaften – die nebenbei gesagt an die Abschlusssequenz von »The Day after« erinnern – und menschenleere Grünsteppen. Einzig am und im Baufachmarkt hinter dem Bahnhof Altglienicke ist noch ein schwacher metropoler Puls zu spüren. So hat sich Lars diese Stadt nicht vorgestellt. Aber was nicht ist, kann ja noch werden. Er versucht sich mental von seiner hohen Erwartungshaltung zu verabschieden und seinem Trierschen Rezeptionsschema Wahrnehmungsverbot zu erteilen. Free your mind and your ass will follow!

Die S-Bahn ist fast menschenleer. Lediglich einige orientierungslose Pauschaltouristen schauen sich verunsichert, aber reiseversichert, die Übersichtskarte der Nahverkehrsverbindungen an. All die bunten Linien, Abzweigungen, Umsteigemöglichkeiten und scheinbar sinnlos auswuchernden Umlandanbindungen verflechten sich tentakelhaft zu einem mentalen Irrgarten, dessen Ausweg nur der Kundendienst der Berliner Verkehrsbetriebe beantworten kann – wenn er denn will.

Mit einem kreischenden Bremsen fährt das überalterte Rollmaterial in den Bahnhof Schöneweide ein. Schöne Scheiße! Von schönen Weiden oder grünen Wiesen ist wenig zu sehen. Brachliegende Industrielandschaften und leerstehende Mietskasernen säumen großspurige Straßen, über die sich Kolonnen stinkender LKWs quälen. Der Asphalt kann Geschichten von Azoren-Hochs und Russland-Tiefs erzählen. Stattliche Schlaglöcher warten auf staatliche Aufbauprogramme und wären ein mustergültiges Beispiel für den Physik Unterricht. Wärme und Kälte machen sich intensiv am Belag zu schaffen – ohne Rücksicht auf schlecht gefederte 8-Achser aus Polen, deren Fahrer ordentlich durch- und wachgerüttelt werden.

Die rote Signallampe kündigt die Weiterfahrt an. Auf dem grünlich schimmernden Display erkennt Lars die nächsten Bahnhöfe: Baumschulenweg. Plänterwald. Treptower Park. Trotz der naturnahen Namensgebung der Folgebahnhöfe ändert sich die Kulisse nur mäßig. Zumindest schlängelt sich jetzt aber die Spree windig und gut sichtbar algenverdichtet im Parallelverlauf zur S-Bahntrasse durch den Kiez. Eine Baumschule (oder zumindest ein Bäumchenkindergarten) kann Lars nicht entdecken – dafür aber einen aus dem Boden sprießenden Schilderwald der erahnen lässt, welche Blüten die Verschwendung öffentlicher Gelder treibt. Da nimmt Lars auch kein Blatt vor den Mund – da ist er ganz Revoluzzer, wenn es um seine Empfindung der sozialen Ungerechtigkeit (52 Prozent Steuerabzug) geht. Auch wenn er sich dabei schon mal den Ast absägt, auf dem er gerade sitzt. Magengrummelnd, aber mit dem Gefühl im Bauch, ein zumindest temporär politisch denkender Mensch zu sein, lässt er sich weiter hoppelnd über die morschen Eisenbahnschwellen der ehemals sowjetisch besetzten Zone transportieren. So – denkt sich Lars – muss sich wohl ein Känguru fühlen: erst ein holpriges Leben im Beutel, und dann ein gebeuteltes Leben. Holterdiepolter.

Der Zug hält auf offener Strecke vor der abbruchreifen, aber dafür filmkulissentauglichen Station Ostkreuz. Einen Grund für den unerwarteten Stopp kann er nicht ausmachen, was ihn, während er so kurz vorm Einmachen ist, kaum anmacht. Die Gleise liegen ruhig im Bett, die Lichtanlage strahlt ein intensives Grün in das blasse Gesicht des »nochnicht-aber-dafür-bald« arbeitslosen Zugführers und lodernde Stichflammen oder ähnlich beunruhigende Ausnahmezustände sind im wahrsten Sinne des Wortes nicht auszumachen.

Lars spürt einen beklemmenden Druck zwischen Herz und Hirn, kommen doch just in diesem Moment die intensiven Erinnerungen an seine erste Klassenfahrt nach Berlin wieder hoch. Besonders gegenwärtig ist ihm jetzt noch die Angst bei der Erinnerung daran, wie sie hier erst grölend und drei Stunden später verängstigt, auf dem marxistisch-leninistisch maroden Staatsbesitz der Deutschen Reichsbahn von volksfremden

Volkspolizisten schikaniert worden sind. Vielleicht – sagt sich Lars – wäre ein Blick in die ehemalige Gauckbehörde aufschlussreich. Unter dem Aktenzeichen »Der Rebell aus Trier« würde er viel über seine stasifrisierten Vergehen während dieser Klassenfahrt erfahren.

Die S-Bahn stöhnt sich gerade wieder mit einem orgastischen Ruck in Fahrt, als Lars mit einem schüchternen Blick auf die linke Seite die berühmte East Side Gallery entdeckt. Dieser letzte gut erhaltene Mauerabschnitt ist mit künstlerischen Graffitis und kernigen Slogans gespickt. Lars würde auch gerne einen kreativen Stempel in den Beton drücken und überlegt sich spontan die glorreichsten Zitate der deutsch-deutschen Geschichte, die er dann künstlerisch an die kalte Wand sprühen würde:

1) Niemand hat die Absicht eine Mauer zu errichten...
   (Walter Ulbricht, 1961)
2) Ich bin ein Berliner... (John F. Kennedy, 1963)
3) Entschuldigen Sie, ist das der Sonderzug nach Pankow...
   (Udo Lindenberg, 1983)
4) Mr. Gorbatschow, tear down this wall... (Ronald Reagan, 1987)
5) Wer zu spät kommt, den bestraft das Leben...
   (Michail Gorbatschow, 1989)
6) Wir sind das Volk... (Das Volk, 1989)
7) Die Mauer wird auch noch in 50 Jahren bestehen bleiben...
   (Erich Honecker, 1989)
8) Die Mauer ist weg: Wahnsinn... (Bild, 1989)
9) Alles ist möglich, Berlin ist frei... (Bill Clinton, 1994)
10) Ich bin schwul, und das ist auch gut so... (Klaus Wowereit, 2001)

Am Bahnhof Jannowitzbrücke dringt ein greller Lichtblitz in den Zug. Das weibliche Häufchen Elend, das sich grinsend im Fotofix-Automaten hat ablichten lassen, zwinkert Lars silberblickend zu. Dass ihr Push-Up-BH schlecht sitzt und sie mit diesem Passbild (und jedem anderen auch) wenig Erfolg bei potentiellen Arbeitgebern oder potenten Heiratskandidaten haben wird, behält er lieber für sich. Viel interessanter scheint die in Kürze zu erwartende Einfahrt in die Station Alexanderplatz. Durch die konkav gebogenen Fensterscheiben der gigantischen Stahlkonstruktion wirken die sozialistischen Bauten verzerrt und unecht, obwohl real existierend. Das Fußvolk bewegt sich hektisch über den überfüllten – aber

Leere ausstrahlenden – Platz. Straßenbahnen reduzieren ihre Geschwindigkeit auf ein Minimum und streifen dennoch den einen oder anderen Ortsunkundigen. Von Chlorophyll getränkten Grünpflanzen weit und breit keine Spur. Daher sehen all die Hoffnungslosen dort unten auch keinen einzigen Grashalm, an den sie sich klammern könnten. Lediglich die Konsumtempel ringsherum spenden ein wenig tröstende Wärme, und die Dönerstände verkaufen ihre Ware zu sozialhilfeempfängerfreundlichen Preisen. Asta la vista – weiter geht's zur letzten Etappe. Hackescher Markt.

Hinterm Horizont geht's weiter

Udo kommt aus Kampen. Kampen liegt auf der sturmgeplagten Kaviarinsel Sylt und eignet sich daher weniger zum Campen. Mit einem exklusiven Lunchpaket des zum Adel verpflichteten Stars- und Sternchenlieferanten Gosch läßt sich Udo den rund sechsstündigen Eisenbahntrip nach Berlin schmecken. Selbstverständlich reist Udo erster Klasse. Diese ist in den relaunchten Interregios tatsächlich aller Ehren wert und verzeiht auch das eine oder andere Luxusgeklecker, das beim Hochgeschwindigkeits-Austernschlürfen und Highspeed-Krabbenpulen schon mal vorkommen kann. Die ländlich lieblichen Landschaften ziehen rastlos wie im Fluge vorbei. Sie hinterlassen ein wohliges Gefühl und machen ihn ein wenig stolz auf sein Land. Dass diese Empfindungen mit Vorsicht zu genießen sind, wird Udo in dem Moment klar, als der schnauzbärtige und sauber gescheitelte Schaffner vehement in klarer Sprache nach seiner Fahrkarte verlangt und Udo daraufhin vor lauter Schreck ein mit Grünalgen gefülltes Seepferdchen fallen lässt. Er verwirft seine Gedanken und wirft dafür lieber wieder einen Blick aus dem Fenster in die Welt hinaus.

Udo kennt Berlin bislang nur aus den Medien – besonders die mehrfach täglich zu bestaunenden Reportagen investigativ getriebener Hauptstadtkorrespondenten vor dem Hintergrund der beleuchteten Reichstagskuppel, haben sich intensiv in sein telegenes Gedächtnis gezappt. Und natürlich all die Geschichten, die sich um das hypige, flippige, hip-hoppige, funkige, groovige, lifestylige, exzessive, extravagante, unüberschaubare, undurchdringbare, unnahbare, barocke, moderne, mondäne, gepushte, auf- und abbruchsbereite, durchtriebene und nervenaufreibende Berlin ranken. Was an all den elektronisch versprühten Mythen und Gerüchten dran ist, wird Udo schon sehr bald erfahren, sind doch die ersten betonschwangeren Vorboten der Metropole bereits am dunstigen Horizont zu erkennen. Hinterm Horizont geht's weiter, denkt sich Udo und nimmt sich das Faltblatt der Bahn zur Hand. Diesem kann er entnehmen, dass sein Zielort Berlin-Lichtenberg noch rund fünf Minuten entfernt ist.

Wirklich aufgeregt ist er allerdings nicht – die Vibrationen in seinem Körper rühren eher vom unruhig laufenden Fahrgestell her. Hektik ist ihm fremd, und daher zieht sich Udo bildlich gesprochen auf seinen salzwasserumspülten Deich zurück und beobachtet die Mitreisenden.

Ein Familienvater wuchtet ächzend seine sieben Koffer aus der für maximal fünf Gepäckstücke konzipierten Ablage und klopft anschließend Bahlsenkekskrümel und sonstige unidentifizierbare Speisereste von der Sonntagskleidung seiner Sprösslinge. Er selbst nimmt letzte Korrekturen an seiner an sich pflegeleichten Kurzhaar-bis-gar-kein-Haar-Frisur vor, und überprüft etwas verschämt seinen Geruchszustand zwischen Rachenraum und schweißgebadeter Achselhöhle. Mein Bac, dein Bac, Bac wäre für uns alle da, wenn er nur eins dabei hätte. Nach getaner Arbeit lässt sich »ich-würde-jetzt-gerne-duschen«-Papa noch ein letztes Mal nonchalant in das Sitzmobiliar zurückfallen. Seine Sohnemänner hingegen haben mittlerweile pflichtbewusst die LCD-Monitore wieder in eine senkrechte Ausgangslage zurückbugsiert und das mehr oder weniger spannende Bordprogramm mit einem einfachen Knopfdruck in die Heia geschickt. Als sich Papa Bär wieder aufrichten will, um einen seiner entfleuchten Jünglinge aufzuspüren, verfangen sich die angerosteten Riemen seiner orthopädischen Birkenstockjesuslatschen unwiderruflich in den Fußrasten. Udo wendet sich der Szenerie ab, um das brutale Zusammentreffen von stahlgehärteter Armlehne und sauerländischem Dickschädel, seinem sensiblen Wesen zu ersparen. Knack. Schädelbasisbruch.

Udo schätzt die verbliebene Reisezeit auf gut zwei Minuten und lässt seinen Blick über die Materialien des Waggons schweifen. Insbesondere die mausgrauen Faltwände der Verbindung zwischen Wagen 8 und 9, fallen ihm in seine müden, aber raybangeschützten Augen. Sie (also die Faltwände) zittern vor Erregung. Ihre Geräuschkulisse erinnert an einen hyperventilierenden Taucher, der vergeblich nach einer Druckluftausgleichskammer fleht. Fehlen nur noch die quallenartigen Luftblasen, die sich wabernd durch die Kunststoffstruktur quälen und anschließend lieblos wie kleine Atompilze verpuffen. Apropos Pilze: der Grad der Giftigkeit und das Maß an Essbarkeit lassen sich ja bekanntlich an der Art, Form und Farbe der bodenseitigen Lamellen erkennen. Vom Verzehr nuklearer Pilze ist jedoch generell abzuraten. Make love not war.

Ein nach Frisur, Brillengestell und Kleidung zu urteilender mutmaßlicher Ultrasingle versucht drei Reihen vor Udo sich und seiner Umwelt künstliche Souveränität vorzugaukeln und erlöst seinen Laptop von algebrahebräischen Tabellenkalkulationen mit einem übermäßig coolen Touch auf die On/Off-Taste. Bill Gates verabschiedet sich mit einem unharmonischen Dreiklang und die XP-Teletubbies Landschaft hüllt sich in die Dunkelheit der Nacht über Silicon Valley. Udo tippt schubladisierend auf einen Informatikstudenten im siebzehnten Semester. Dieser Eindruck potenziert sich schlagartig und exponentiell, als er einen Blick auf das Informatikergebiss werfen kann. Offensichtlich wird mehr in den Ausbau der Festplatte als in die Pflege des maroden Zahnwerks investiert, das dringend ein Update (oder noch viel besser Control+Alt+Delete) nötig hätte. Karius und Bactus hätten ihre wahre Freude auf diesem Abenteuerspielplatz.

So, genug gelästert. Die Aluminiumschlange verzögert ihr Tempo bereits auf Powerwalkinggeschwindigkeit. Ein unmissverständliches Zeichen dafür, dass die Ankunft in Berlin-Lichtenberg unmittelbar bevorsteht. Die Gänge füllen sich mit hektisch wühlenden Fahrgästen. Auch Udo bemüht sich knochenmüde aus dem weich gepolsterten Sessel, um wenige Augenblicke später räkelnd auf dem Bahnsteig des Gleises 17 zu stehen. Elegant schwingt er das leichte Gepäck auf seine schweren Schultern. In der Unterführung zum notorisch unterbesetzten Kundenzentrum der Berliner S-Bahn begegnen ihm die üblichen Verdächtigen: fingernägelkauende Gewaltbereite, nervös zuckende Fehlgeleitete, nach Aprikosenseife duftende Poverbreiterte und arschgeleckte Schleimbereifte. Sein Weg führt ihn an Wiener Feinbäckereien, Drogeriemärkten, Lottoannahmestellen und Pressekiosken vorbei. Nebenbei buhlt McDonalds um die Gunst und noch viel mehr um den Appetit der Eß-Bahnfahrer. Die neulich eingeweihte Digitalanzeige macht die Züge auch nicht pünktlicher, was an diesem lethargischen Ort aber niemanden zu stören scheint. Eine überdimensional große »West«-Reklame macht auch dem letzten Ungläubigen klar, dass Osten out und Westen in ist – und das seit nunmehr fünfzehn Jahren.

Nachdem Udo mit viel Geschick und noch mehr Geduld die Berechtigung für die Weiterfahrt mit den öffentlichen Verkehrsmitteln der Stadt ergattert hat, geht's links zwo drei vier denselben Weg zurück – diesmal ist allerdings Gleis 5 das Ziel. Kaum hat Udo auf den nach Sommerwiese aussehenden, aber nach Moskauer Winternacht riechenden Polstern Platz genommen, schlendern von zwei Seiten die Nachrichtenbotschafter der Neuzeit herein. Sie wollen – jeder für sich – die neueste Ausgabe des Straßen- und Obdachlosenmagazins Motz, Stütze, Straßenfeger ...hast du nicht gesehen ... verkaufen. Ein wahrer Kampf entbrennt seit einiger Zeit um die Gunst des zahlungsunwilligen Publikums. Die wenigsten Fahrgäste können sich ernsthaft für die auf Ökopapier gedruckten Zeilen begeistern und spenden eher aus Mitleid als aus Interesse einen Euro (wovon die Hälfte für den Verkäufer übrig bleibt). Bei der Flut der Anbieter gerät die gute Seele aber leicht in den Konflikt entweder innert kürzester Zeit selbst einen Insolvenzantrag stellen zu müssen, oder aus sozialer Gerechtigkeit niemandem etwas zu geben, was wiederum auch irgendwie unsozial ist. Udo ist da als Tourist natürlich fein raus und kauft auf den folgenden Stationen gleich sechs Exemplare. Zum Schuhe stopfen taugen die bleigetränkten Blätter allemal. Mit lupenreinem Gewissen inhaliert Udo aus Kampen die vorbeirauschenden optischen Reize. Von denen präsentieren sich auf der Fahrt zum Hackeschen Markt zunächst nur wenige, und so besinnt er sich auf sein bestes Medikament gegen Langeweile. Statistik. Genauer gesagt: Statistiken im Feldversuch auf ihren Wahrheitsgehalt überprüfen. Das Spiel ist ganz einfach. Man lässt seinen Blick unvoreingenommen in der Landschaft umherirren und fixiert eine ganz bestimmte Handlung. Diese Handlung wird dann in Windeseile mit dem breiten Datenfundus des Statistischen Bundesamtes verglichen. Also los: Am Nöldnerplatz zieht ein pudeliger Dackel energisch eine ältere Dame hinter sich her. Aha – Stichwort Hund: auf 1'000 Einwohner kommen in der Hauptstadt 31 dieser süßen Artgenossen. Das sind insgesamt 105'741 gemeldete Vierbeiner. Mit den täglich ausgeworfenen tierischen Exkrementen dieser Masse Tier ließe sich vermutlich die Route 66 flächendeckend teeren oder ein hübscher Turm zu Babylon mit Kinderschaufeln und Förmchen bauen. Kein schöner Gedanke. Nein, Danke. Udo beobachtet, wie sich Frauchen vom Hundchen wie ein dampfgetriebenes Katapult über die rot signalisierte Straße schleudern lässt, daraufhin ein betagter Opel-Kadett-Fahrer in das tierisch menschliche Gespann hineindonnert und dieses unsanft für alle Ewigkeit trennt. Aha – Stichwort Verkehrsunfall: in Berlin gibt es täglich 372 Verkehrsunfälle. Statistisch gesehen ist der Donnerstag der gefährlichste Wochentag (im Schnitt 47 Unfälle mit Personen- und schwerwiegenden Sachschäden) und der Heiligabend der Tag mit den wenigsten – nämlich nur acht – Unfällen. Die Konsequenz ist klar: es muss umgehend eine

Bürgerinitiative für grenzenloses und permanentes Spazierengehen und wesentlich mehr christlich begründete Feiertage ins Leben gerufen werden. Bevor Udo diesen Gedanken zu Ende gedacht hat, unterquert ein feierlich geschmückter Bestattungswagen die Zufahrtsstraße zum Bahnhof Ostkreuz. Aha - Stichwort Todesursache: Spitzenreiter in dieser unerfreulichen Kategorie ist der Klassiker HerzKreislauferkrankungen (mehr als ein Drittel), dicht gefolgt vom immer näher rückenden Krebs (etwa 25 Prozent). Da kann sich ja die Oma von vorhin noch glücklich schätzen, nicht dem Mainstream ins Grab gefolgt zu sein. Der Geistesgegenwart des baseballcapbehuteten fahrenden Totengräbers ist es übrigens zu verdanken, dass es an der nächsten Kreuzung nicht noch zu einem weiteren statistikerhöhenden Unfall gekommen ist. Kaum auszudenken, wenn sich das messingbeschlagene Erdmöbel aufgrund der Vollbremsung zunächst durch die Windschutzscheibe gebohrt hätte, dann in eine Parzelle der nahe gelegenen Kolonie an der Warschauer Straße engelsgleich geflogen wäre und sich in einem Gartenteich wie die Kursk im Sediment zur ewigen Ruhe schlafen gelegt hätte. Aha – Stichwort Laubenpieper: 840 Kleingartenkolonien mit insgesamt 79'873 Parzellen begrünen die Stadt. Die Anzahl der wacheschiebenden Gartenzwerge ist leider nicht statistisch erfasst. Udo fragt sich, was man oder Frau wohl das ganze Jahr über auf rund 200 Quadratmetern spärlich bepflanzter märkischer Erde macht. Zumal die Berliner Wetterstatistik lediglich 32 heitere, und dafür 135 trübe Tage aufweist. Rasen säen, Bäume schneiden, Kartoffeln pflanzen, Bier trinken, Rosensträucher stutzen, Erdbeeren pflücken, Bier trinken, Rasen mähen, Bier trinken, noch mehr Bier trinken.

Am Ostbahnhof steigt ein verträumtes Pärchen ein. Aha – Stichwort Heirat: circa 12'800 Frischverliebte wagen jährlich den mutigen Schritt aus der Freiheit in die steuerlich begünstigte Gefangenschaft und zeigen den 49 Prozent Singlehaushalten in Berlin wo es lang geht, bevor sie sich durchschnittlich sieben Jahre später wieder solo aber glücklich in eine Einzimmerwohnung einmieten. Allein von diesen nomadischen Vielheiratern und mit dem Scheidungsrichter gut bekannten Spezies könnten die Umzugsunternehmen der Hauptstadt gut leben: täglich wechseln 1'040 Berliner innerhalb der Stadt ihren Wohnort. Schade eigentlich, dass die Umzugsbranche noch nicht einem allseits beliebten Bonusprogramm angeschlossen ist: »Bestellen Sie 10 Umzüge im voraus und zahlen Sie nur 9«. Miles & More.

Poesie in Moll

Der blasse Regenbogen krümmt sich geschmeidig um den Planeten Berlin. Seine Spitzen berühren zärtlich die sensible Haut einer lebendigen Stadt. Die oberste Hautschicht bilden die Berliner selbst. Ein Menschenschlag, den der Besucher schnell in sein Herz schließt, den der Zugezogene lernt zu verstehen und der Flüchtende aus der Ferne verdammt.

Was ist es, was dieses Völkchen so speziell macht? Ist es die direkte Art, die Offenheit, mit dem es nicht nur Sympathie gewinnt sondern auch mal vor den Kopf stößt? Sind es die Gesichter, die den Wandel der Stadt spiegelgleich reflektieren? Ist es die Sprache, die keine Umwege kennt und laut sagt, was sie meint? Oder ist es der schroffe Charakter, hinter dem sich meist ein weicher Kern verbirgt? Wer sind die Berliner? Gibt es ihn überhaupt noch, den typischen Berliner? Ist es die Widersprüchlichkeit – böse Mine zu gutem Spiel, Buh-Rufe wenn Hertha gewinnt und tosender Applaus, wenn sie verlieren?

Ist Berlin Weltstadt oder Provinz? Ist Berlin ernst gemeint und will auch ernst genommen werden? Oder ist alles nur ein Spiel – ein Spiel ohne Grenzen und Mauern?

Berlin ist die Quadratur des Kreises – das Mögliche suchen, das Unmögliche schaffen. Etwas aus dem Stillstand heraus bewegen. Poesie in Moll.

Berlin ist ein Perpetuum Mobile – keiner weiß warum, aber es bewegt sich doch. Unsere drei Helden bewegen sich auch. Unabhängig voneinander steuern Malte, Udo und Lars dasselbe Ziel an. In unmittelbarer Nähe der einst historischen und jetzt touristischen Hackeschen Höfe trotzen frisch sanierte Jugendstilfassaden der baufälligen Arbeiter- und Bauernstaatssubstanz. Hop oder top – ganz oder gar nicht. Planübererfüllung oder Existenzminimum. Hundeleben oder Made im Speck. Made in Berlin.

Niemand tummelt sich grundlos in dieser Gegend – und sei es nur für ein 4 Millionen Megapixel Foto fürs digitale Album. Zum Fotografieren sind unsere drei Helden nicht in der Stadt – viel eher würden sie gerne selbst bald auf die Titelseiten der Hauptstadtzeitungen kommen. Sie lockt eine Mission, ein Spiel. Sie sind bereit. Bereit, die nächsten Tage dieses Sommers ein Teil der Stadt zu werden, sie auszusaugen und sie zu ihrem Lebensinhalt zu machen. Ihre Atmosphäre einzufangen, sich durch die Impulsivität treiben zu lassen, ohne den Verstand zu verlieren. Sie müssen sich verbrüdern – mit und gegen Berlin. Die Stadt überlisten, sie austricksen, links liegen lassen. Sie werden alles geben.

Der Regenbogen tänzelt ein letztes Mal über die feuchten Straßen, bevor der Abendhimmel ihn glühend verdampft. Das Spiel kann beginnen.

The city never sleeps

Lars und Udo sind schon da. Sie müssen es sein – ich kenne nur ihre Fotos, und denen sehen sie sehr ähnlich. Sie stehen im überdachten Eingang des Kurvenstars, einem Club an der Ecke Grosse-und Kleine Präsidentenstraße. Der Club ist noch geschlossen. Zwei Monitore flankieren die mit Gitterstäben verriegelte Tür und kündigen bereits schwach flimmernd die Veranstaltungen der nächsten Tage an. Ich gehe etwas langsamer, um sie noch genauer beobachten zu können. Bleibe kurz stehen und stelle meinen Großraumrucksack auf dem feuchten Gehweg ab. Auf den ersten Blick sehen sie sympathisch aus – O. K., sie tragen Jeans und kein Cord, aber damit kann ich leben. Udo, der Kleinere, macht einen entspannten Gesichtsausdruck. Lars, der Größere, schaut erwartungsvoll durch seine dioptriengestärkte Brille in die schmalen Gassen und stützt sich dabei gelassen an seinem Samsonite-Rollenkoffer ab. Wir haben bislang ein paar Mal telefoniert, unsere Lebensläufe runtergespult, um die Kennenlernphase in Berlin auf ein Minimum zu reduzieren und uns dem Wesentlichen zu widmen. In der rostigen Dachrinne des Kurvenstars sammeln sich die letzten schwülwarmen Regentropfen und gleiten wie an einer Perlenschnur aufgezogen am kalten Metall herunter. Ein wenig nervös bin ich schon. Immerhin werden wir die nächste Zeit auf engstem Raum miteinander verbringen. Mit nur einem Ziel: die Mission zu erfüllen. Eine Mission, deren Inhalt niemand von uns kennt. Ich fülle ein letztes Mal meine Lunge randvoll mit Berliner Luft, um mich dann sauerstoffangereichert und geistesklar unserer ersten Begegnung zu stellen.

Auch sie scheinen mich bemerkt zu haben und grinsen zurückhaltend aber freundlich in meine Richtung. Shakehands, alles easy, alles gut. Udo zieht aus seiner Hosentasche ein Etui mit dem Logo von CreaTVity, einer großen Berliner Produktionsfirma. Er lüftet das Geheimnis und teilt drei massive, langbärtige Schlüssel unter uns auf, die er vor wenigen Tagen zugeschickt bekam. Unser Appartement liegt nur wenige Schritte von unserem Treffpunkt entfernt. Ein kurzer, noch etwas schweigsamer Weg führt uns an einer vorindustriellen Markthalle im Backsteinlook vorbei. Mittlerweile ist dort unter historischen Gewölben ein postmodernes Einkaufsparadies entstanden, das praktischerweise in Eingangsnähe alle essentiellen Lebensmittel für die so genannte Young Generation (zu der wir uns gerade noch so zählen dürfen) bereithält. Als da wären: Tiefkühlpizza, Dosenravioli, mundfertiger Salat fürs gute Gewissen, Schokoriegel für große und kleine Kinder, Chips und sonstige salzige Dickmacher, zuckerüberschüssige Softgetränke und die ganze Palette schwach bis stark dosierte Alkoholika für schwach bis stark schwankende Alkoholiker. Dieser Sorte fühlt sich eigentlich niemand von uns zugehörig, und daher kurbeln wir die deutsche Wirtschaft reinen Gewissens mit dem Erwerb eines kleinen, nach deutschem Reinheitsgebot gebrauten, Biervorrats an. Mit mehreren Sixpacks bewaffnet, aber mit durchweg friedlichen Absichten, erreichen wir die Ackerstraße 17.

Im zweiten Hinterhof finden wir unser Namensschild an der endlos langen Briefkastenzeile. Udo führt ein filigranes Schlüsselmännchen in das passende Weibchen und gräbt aus der Hülle von Werbesendungen einen dicken Umschlag hervor. Er trägt dieselben styligen Schriftzüge wie das Etui und ist prall gefüllt. Wir entschließen uns, vor dem brieflichen »Sesam öffne Dich« zunächst unser Gepäck in den vierten Stock des ungelifteten Gebäudes zu schleppen. Dabei entpuppt sich mein Rucksack als strategisch wertvoll. Lars zieht indes seinen Trolley unsanft, und zum Ärger der Mitbewohner nicht gerade lautlos, über die frisch gebohnerten Holzplanken des weiß getünchten Treppenhauses. Ich zähle die Stufen. Nach Nummer 72 geht's nicht mehr weiter, was soviel bedeutet, dass wir angekommen sind. Drei geölte Schlüsselumdrehungen später öffnet sich die lichtdurchflutete Dachgeschoßwohnung.

Hohe Decken, niedrige Mieten: das ist wohl das Motto dieser teilmöblierten Aufbewahrungsanstalt. Wir staunen im Chor über die individuelle Einrichtung. Von retro über klassisch, von topmodern bis unidentifizierbar wurden hier Einrichtungsgegenstände aller Kulturen und Epochen bunt zusammengewürfelt und verleihen dem Ganzen zumindest eines nicht: Langeweile. Ein himmelblau gestrichener, schlauchartiger Flur (mit dem sich die pinkfarbene Lavalampenlandschaft nur bedingt versteht) führt uns zunächst in eine großzügige Küche, in deren Mitte eine mobile Duscheinrichtung installiert wurde.

Interessant: während sich der eine die frischen Brötchen schmiert, kommt der andere wie ein weichgespülter Pudel aus der Nasszelle und zieht anschließend schnellen Fußes eine feuchte Spur über das braungesprenkelte Linoleum. Der Dritte kann dann ohne Zuhilfenahme von zusätzlichem Hazweio die Chance nutzen und gleich aufwischen. Für optische Reizüberflutung ist hier jedenfalls in ausreichendem Maße gesorgt. Und irgendwie gefällt es uns ja auch. Zumindest ist das farbige Überangebot in dieser Wohnung ein wohltuender Kontrast zu den trüben Eindrücken, die wir auf der Fahrt durch die Hauptstadt gesammelt haben. Da waren rote Vogelbeeren oft die einzigen Farbtupfer zwischen granatsplitterübersäten Häuserschluchten, passten outbackfarbene Tennisplätze ungefähr genau so gut in die blasse Öde wie Steigenberger Hotels ins südliche Äthiopien und boten orangegrelle Abfalleimer die einzige zuverlässige Orientierungshilfe in der dunstigen Berliner Suppe.

Mit einer Flasche Bier bestückt setzen wir unseren Schlossrundgang fort. Das Leben ist zu kurz für ein Gezapftes! Prost! Auf uns und den Erfolg! Es wird nicht das letzte sein, mit dem wir unsere durstigen Kehlen befriedigen und dem staubtrocknen Berliner Sommer trotzen. Gut gelaunt schleichen wir den Flur entlang bis zu seinem bitteren Ende. Seine farblichen Nuancen haben auf dem rund sieben Meter langen Weg schon gelitten – aus dem heiteren Himmelblau ist ein bewölktes Grau geworden. Dafür mutet ein Blick in das hintere Zimmer wie ein Besuch in einer Bonbonfabrik an. Das gesamte Farbenspektrum des Regenbogens, der den abendlichen Sonnenstrahlen nicht standhalten konnte, findet sich hier wetterunabhängig in voller Pracht wieder. Wenn man ganz fest daran glaubt, liegt sogar ein süßlicher Duft in diesem Raum, der den unsichtbaren Braunkohleschleier vergangener Tage sanft überdeckt. Zwei daunenfederdeckenbestückte Betten laden zu einem kurzen Entspannungsmoment ein, auf den wir jetzt aber pflichtbewusst verzichten. Udo und ich haben indes die Schlafstellenverteilung stillschweigend aber augenzwinkernd geregelt. Er an der Tür – ich am Fenster. Raus aus dem Zimmer, rein ins Nächste. Größe und Einrichtung sprechen eine klare Sprache: wir befinden uns im gemeinschaftlichen Wohnzimmer, das durch seine minimalistische Ausstattung im japanischen Stil bestechen will und es nicht schafft. Meine Suche nach einem frischluftliefernden Balkon war bislang erfolglos. Die letzte Chance fündig zu werden, wäre das dritte Zimmer, das sich eingeengt zwischen Küche und Wohnzimmer befindet und mutmaßlich dem immer lockerer werdenden Lars als Unterkunft dienen wird.

An der stuckgeschmückten Decke hängt eine schwere Metallstange und ragt mitten in den quadratischen Raum hinein. Sie dient offenkundig dem Öffnen einer gut getarnten Dachluke. Ein kräftiger Ruck, und schon entfaltet sich ziehharmonikagleich eine hölzerne Treppe, die sanft ratternd in das Zimmer gleitet. Wir nehmen die steilen Stufen im Laufschritt und stehen plötzlich über den Dächern Berlins. Wow! Was für ein Gefühl. Millionen kleiner Lichter strahlen in den Himmel und machen dem Abendrot ernsthafte Konkurrenz.

Zusammen bilden sie einen Lichtkegel, der die Atmosphäre zu verdichten scheint. Undurchdringlich. Unberechenbar. Unglaublich. Die Energie ist förmlich zu spüren. Wir machen die Welle und fühlen ein Kribbeln in den Fingerspitzen. The city never sleeps. Das ist sie also. Die Stadt. Wir sind angekommen und haben Mühe wieder runter zu kommen.

Ping Pong im All

Anderthalb Liter später locken uns zum einen die Neugier und zum anderen ein quälender Blasendruck zurück in die Wohnung. Drei Augenpaare fragen sich gleichzeitig, wo denn die Toilette sei. Nein, oder? Doch! Der Entleerungsservice befindet sich einen Treppenabsatz tiefer. Antiquiertes Outsourcing! Ich wage zuerst einen unsicheren Schritt und schlängle mich – das Treppengeländer fixierend – drei Höhenmeter nach unten. Da steht's: WC. Hinein ins Glück. Licht an. Frontal grinst ein freundlicher Staatsratsvorsitzender Erich Honecker von einem vergilbten Plakat herab. Sein debiler Gesichtsausdruck löst bei mir eine unerklärliche mentale Beklemmung aus, die sich leider physiologisch fortsetzt und in einer akuten Verstopfung endet. Viele Schweißperlen später ist das Geschäft erledigt und die Hände mit einer Mixtur aus Kernseife und rostigem Bleiwasser reingewaschen.

Wir gruppieren uns im Wohnzimmer um den massiven Briefumschlag. Ich überlasse Lars das Öffnen, da meine Hände noch eine Restfeuchtigkeit aufweisen und Udo mittlerweile hochkonzentriert die Bierflaschen von ihren Etiketten befreit. Lars Taschenmesser setzt zitternd an dem speichelbenetzten Brieffalz an. Auf ein Mal sind und sehen wir wieder alle ganz klar. Die Wärme des Alkohols weicht der Kälte absoluter Spannung und Nervosität. Unsere Sinne sind geschärft, die Ohren auf Empfang gestellt. Völlige Ruhe. Lars fängt an zu lesen: »Liebe Teilnehmer, Liebes Team C, Hallo Lars, Udo und Malte. Ihr habt es geschafft – Ihr seid dabei. Aus über 30'000 Bewerbern blieben letzten Endes 21 übrig. Insgesamt sieben Teams zu je drei Personen befinden sich genau in diesem Moment an irgendeinem Ort in Berlin, und rätseln über ihren Beitrag an diesem Spiel. Ein Spiel, das die Stadt bewegen und die Nation fesseln wird. Und Euch das Letzte abverlangt.

Catch the grabber – Fang den Maulwurf! So heißt das Game.

72 Stunden werdet Ihr Zeit haben, eine ganz bestimmte Person in der Masse der Hauptstadt aufzuspüren. Den Maulwurf. Und das Land schaut

zu. Ihr werdet Teil einer multimedialen Schnitzeljagd sein. Jeder einzelne Schritt, jeden Fuß den Ihr vor den anderen setzt, lässt sich von einem großen Publikum verfolgen. Minichips in Euren Mobiltelefonen orten Eure genaue Position. Über das Internet kann jedermann schadenfroh bejubeln, wenn Ihr auf der falschen Fährte seid oder Euch applaudieren, wenn Ihr die richtige Spur gefunden habt. Ihr werdet nicht wissen, wie weit Eure Gegenspieler sind. Aber eines sollt Ihr wissen. Es lohnt sich zu kämpfen. Für einen gigantischen Gewinn von 1'000'000 Euro.

Euch winken Ruhm, Ehre und Reichtum.

Was braucht Ihr dafür? Schnelligkeit, Ehrgeiz und den richtigen Riecher. Am richtigen Ort zur richtigen Zeit. Nun aber ins Detail: Der Maulwurf ist eine natürliche Person und hält sich in einem gewöhnlichen Raum auf. Schon einen Verdacht? Nein, so einfach machen wir es Euch nicht. In der beiliegenden Mappe findet Ihr drei detaillierte Stadtpläne und zusätzliches Infomaterial. Auf ihnen ist je eine Route eingezeichnet, die kreuz und quer durch die Stadt führt. Jeder von Euch hat die Aufgabe, eine dieser Routen zu erkunden und die gekennzeichneten Punkte zu besuchen. Haltet die Augen auf: die Hinweise sind meist gut versteckt. Und denkt daran: die Zeit ist knapp. Ihr werdet nur eine Chance haben, wenn Ihr als Team agiert.

Um was für Hinweise geht es nun konkret? Insgesamt werden zwölf einzelne Buchstaben und vier Ziffern gesucht. Sie können von Displays leuchten, auf Wände gesprüht oder in Beton gekratzt sein. Impossible is nothing. Alle Hinweise sind eindeutig gekennzeichnet – Ihr werdet sie erkennen.

Die Buchstaben und Ziffern allein nützen Euch noch nicht viel. Entscheidend ist die richtige Kombination, die das Lösungswort ergibt und Euch zum Ziel führt – der Schlüssel zum Erfolg. Den entscheidenden Hinweis darauf erhaltet Ihr kurz vor Ablauf des Ultimatums per SMS. Setzt die Buchstaben und Ziffern richtig zusammen, und des Rätsels Lösung liegt praktisch auf der Hand.

Bleibt immer in Kontakt – tauscht Euch aus. Jeder entdeckte Hinweis muss sofort per SMS an CreaTVity geschickt werden, damit wir die Nation auf dem Laufenden halten können. Jeder Verstoß wird mit dem Ausschluss aus dem Game bestraft. Kontrolle total. Noch Fragen? Seid Ihr bereit? Der Startschuss fällt morgen früh um 08:00 Uhr. Eure Mobiltelefone und ein Freiticket für Bus und Bahn findet Ihr im Wohnzimmer.

Die CreaTVity-Mannschaft, der Maulwurf und das Publikum wünschen Euch viel Glück. Möge das beste und schnellste Team gewinnen. Catch the grabber – Fangt den Maulwurf!«

Lars legt das Schreiben bedächtig auf den wuchtigen Wohnzimmertisch zurück. Wir atmen tief durch. Und fangen an zu realisieren. Zu verstehen, welche Aufgabe auf uns wartet. Stützen unsere schweren Köpfe müde ab. Ich schließe kurz die Augen. Gerade mal drei Tage haben wir Zeit, willkürlich verteilte Buchstaben und Ziffern in dieser riesigen Stadt zu finden und sie zu einem Schlüssel zusammenzusetzen. In einer Stadt, die niemand von uns wirklich kennt. Der Stadtplan wird zu unserem besten Freund. Die Stecknadel im Heuhaufen – Saddam im Erdloch und der Maulwurf einer von 3,5 Millionen Einwohnern Berlins. Niemand kann sich ernsthaft vorstellen, wie wir dieses Spiel gewinnen sollen. Das gleiche denken sicherlich auch die anderen sechs Teams, was uns einen Moment lang beruhigt. Nach einer Phase der Besinnung und des mentalen Kopfschüttelns versuchen wir uns zu sammeln. Jeder weiß, was auf dem Spiel steht, um was es geht. Nicht nur diese unglaubliche Gewinnsumme. Nein. Ab morgen früh werden wir gläserne Menschen sein – jede einzelne Handlung von einem anonymen Publikum verfolgt. Der Druck schleicht sich beklemmend in unsere Glieder zurück. Das letzte Promille Alkohol ist wie verdampft. Unsere Blutbahnen fühlen sich wie Achterbahnen an. Der Puls schlägt mit Hochfrequenz. Gedanken kreisen mit Lichtgeschwindigkeit und drohen aus der Bahn geworfen zu werden. Durch die Milchstraße direkt ins Nirwana. Ohne Umwege. Express. Ping Pong im All.

Der Restbestand Bier beschränkt sich auf ein einsames Sixpack, das warm zu werden droht. Um diesen Missstand zu beheben, zögern wir nicht lange. Plopp. Ansetzen. Auf ex. Und weg. Es wird warm und wohliger. Ein kurzes Gurgeln in der Magengegend interpretieren wir als Geste der Zufriedenheit und körperlicher Entspannung. So lässt sich befreiter überlegen, was auf uns zukommt. Und das ist nicht wenig. Jeder greift wahllos nach einem Stadtplan, die kreative Namen tragen. Mein Stadtplan trägt den Namen *Berlin inside*. Was auch immer das bedeuten mag. Udos Exemplar stellt das kartographische Gegenstück dar: *Berlin outside*, während Lars bei seiner *Berlin by my side*-Ausgabe an einen musikalischen Klassiker von INXS denkt. Niemand traut sich einen ernsthaften Blick in das bunte Straßengewirr zu werfen. Zweifel machen sich breit – und Müdigkeit auch. Wir beschließen, den Tag unspektakulär enden zu lassen – leise auszufaden. Was soviel bedeutet wie: die Zähne von den reichlich angesammelten Hopfen- und Malzfasern zu befreien, unsere angestrengten Gesichter in kaltes Wasser zu tauchen und mit offenen Augen durch den durchlöcherten Abfluss in die Berliner Kanalisation zu schauen. Es ist 01:23 Uhr. Die Nacht wird kurz. Der Wecker ist gestellt. Abendgrüße.

Charité

Der Morgen beginnt, wie er beginnen muss. Ein flaues Gefühl zieht sich vom Verdauungstrakt bis zur Speiseröhre hoch und endet hoffentlich auch dort. Unter meinem Bett befindet sich der Erste Hilfe-Koffer: Alka Seltzer und Mineralwasser. Der Moment der Einnahme ist der kritischste und kann jeden Moment in der unfreiwilligen Ausgabe der gestrigen Nahrungsaufnahme enden. Tut es aber nicht! Nachdem ich meinen Gleichgewichtssinn mit meiner Motorik auf dieselbe Frequenz getaktet habe, wage ich den ersten barfüssigen Schritt in den Berliner Morgen, der mir noch mächtig nächtig vorkommt. Ich vergesse für einen Augenblick, dass ich nicht alleine bin. Die dadurch bedingte Lärmproduktion veranlasst meine beiden Teamgefährten ihre Traumphasen abrupt zu beenden und deren Fortsetzung auf die nächste Gelegenheit zu verschieben. Diese wird aber nicht allzu schnell kommen, was unseren schummrig betäubten Köpfen durchaus klar ist.

Die Kaffeemaschine hat heute Schwerstarbeit zu leisten. Ihr angestrengtes Fauchen und Zischen macht dies ohrenbetäubend klar. Die frischen Brötchen vom Bäcker sind reine Wunschvorstellung und die Frage, wer sich zuerst in der Nasszelle die Müdigkeit vom Körper spült, ist noch völlig offen. Von draußen dringt Presslufthammersound in die Küche, bringt den nicht gedeckten Frühstückstisch in Schwingung und mich in mürrische Bewegung. Also rein ins kalte Nass. Das Wasser trägt die Farbnuancen eines Selbstbräuners – wirkt aber nicht so. Dafür ist es aber warm, wird immer heißer und letzten Endes unerträglich. Mit Verbrennungen ersten Grades verlasse ich das brausige Vergnügen schneller als geplant. Der Rest der Bande trudelt schlaftrunken und zerzaust in der Küche ein. Ihr geistiges Fassungsvermögen hat noch nicht den Pegelstand erreicht, der eine gepflegte Konversation möglich macht. Ein großer Schluck starken Kaffees lässt unsere Gehirnwindungen in ihren ursprünglichen Zustand zurückschnellen. Peng. Klare Sicht und volle Kraft voraus.

Es ist kurz vor 07:00 Uhr. Der Tag schreit nach Energie, die unser Kreislauf allmählich zu produzieren versucht. Unsere Mobilfunktelefone scheinen nach ihrer nächtlichen Aufladung auch gerüstet zu sein, was sie mit vier Balken im Display eindrucksvoll unterstreichen. Noch knapp eine Stunde, und der Maulwurf steht zum Abschuss bereit. Noch knapp eine Stunde, und wir stehen im Rampenlicht der Öffentlichkeit. Noch knapp zwei Minuten, und die goldbraunen Aufbackbrötchen verabschieden sich mit einem lustvollen Knacken in unseren hohlen Magengruben. Noch einmal mit dem Finger ins Nutella Glas eintauchen. Noch einmal mit wenig Kamm und ganz viel Gel durch die Haare streichen.

Ein letztes Mal besprechen wir unsere Taktik, überprüfen die Zeit und stellen sicher, dass wir die Handynummer des jeweils anderen kennen. Im Gänsemarsch geht's 72 Stufen abwärts. Hinaus in einen klaren Morgen, der Optimismus versprüht. Wir laufen zum Kurvenstar, aus dem sich die letzten Gäste mit erweiterten Pupillen in glänzenden Augen verabschieden. Mein nervöser Schritt verursacht ein penetrantes Echo, das zwischen den engen Häuserfronten hin und her geworfen wird. Wünsche mir einen plötzlichen Wintereinbruch – einen Hauch von Schnee, der mich leise über den Gehweg schweben lässt. Kommt aber nicht. Wir verabschieden uns mit einem verhaltenen Schlachtruf. Jeder geht seinen Weg. Jeder weiß, was er zu tun hat.

Ich werfe einen intensiven Blick in meinen Stadtplan. Das erste Ziel heißt Charité. Erinnere mich an eine Trash-TV Reportage, die dieses Mega-Krankenhaus zum Thema machte. Laut Straßenkarte ließe sich die Distanz bequem zu Fuß zurücklegen. Mein Weg führt mich durch menschenleere Gassen, die sich spinnennetzartig verzweigen und die Orientierung nicht gerade leicht machen. Muss mir Mühe geben, nicht wie eine armselige Fliege im Sekret hängen zu bleiben, um dann von der Stadt langsam aber genüsslich verdaut zu werden. Ich mache einen scharfen Schlenker, wechsle einmal die Straßenseite, um einem auf Lebenszeit staatstreuen Kontaktbereichsbeamten aus dem Weg zu gehen, vor dem ich nichts zu verbergen habe. Löse kurz meinen Blick vom Straßenmuster, das heute früh wie Mosaik blinkt und erkenne die Charité, die mir im Fernsehen nicht ganz so groß vorkam. Am Haupteingang fühle ich mich überfordert. Historische Hinweisschilder und plexiglasgefräste Orientierungshilfen bemühen sich, Ordnung in das Chaos zu bringen – dem Besucher als auch dem Kranken den Weg in die Cafeteria oder unters richtige Messer zu erleichtern. Ich mag keine Krankenhäuser, gehe auch nicht gern zum Arzt. Als sich die antiseptische Duftnote durch meine behaarten Nasenlöcher zieht, weiß ich auch wieder warum. Dieser Geruch löst sofort Assoziationen aus, die mit romantischer Wald- und Wiesenstimmung nichts zu tun haben. Am Infodesk harre ich eine Weile aus – versuche mich sensorisch zu akklimatisieren. Die einzelnen Stationen und Fakultäten sind klinisch sauber auf einer riesigen Übersichtstafel in alphabetischer Reihenfolge angeordnet. Ich zähle die Einträge: 58. Verteilt auf 18 Stockwerke. Mache eine grobe Schätzung, und komme auf rund vier Tage, um das Gebäude von oben bis unten auf Hinweise vollständig zu durchsuchen. Dieser Gedanke treibt mir kalten Schweiß auf die Stirn und lässt meine Restbräune in eine zarte Blässe mutieren. Eine aufmerksame Krankenschwester bemerkt mich, schlittert in korkgedämpften Sandalen über den plastifizierten Boden und reicht mir ein Glas Wasser. Fast wie in der Schwarzwaldklinik, denke ich noch so, bevor mich ihr zärtliches Wangenklopfen zurück in die hospitale Realität holt. Weiß nicht, wo ich ansetzen, wo graben soll. In meiner Ratlosigkeit frage ich sie, wo ich den Maulwurf – oder zumindest einen Hinweis darauf – finden könnte. Sie lächelt mich wie Prof. Brinkmann routiniert an. Ich lächle verlegen zurück und gebe mir virtuell links und rechts eine auf die Backe. Kann ihrem »ich hole gleich den Onkel Doktor-Blick« nicht länger standhalten und gleite mit meinen Augen an ihrem gestärkten, schneeweißen Kittel hinab zum Namensschild. Schwester Karin. Station 5. Computertomographie. Ciao, Bella, Ciao.

Ich schlendere etwas entmutigt zum Fahrstuhl. Die Türen öffnen sich bedächtig. Hightech? Weit gefehlt. Hier werden die Tasten noch mit Mannesstärke betätigt. Farblich undefinierbares Holzfurnier lässt erahnen, welch fröhliche Atmosphäre eine durchschnittliche Wohnzimmereinrichtung von Frau und Herrn DDR versprühte. Das sollte mich eigentlich gar nicht so interessieren – mich nicht ablenken von meiner Aufgabe. Ich versuche mich auf Plan A zu besinnen, beziehungsweise für den Notfall auf Plan B zurückzugreifen. Leider befinden sich beide Strategien noch nicht einmal in der Entstehung. Frustriert lasse ich mich in die 18. Etage ziehen. Zu meinem Erstaunen sind hier oben fast alle Türen geöffnet – nur wenige Zimmer mit Patienten oder alternativ mit Putzmitteln, Medikamenten oder hormon- und triebgesteuerten Azubis horizontal belegt. Ein fader Sonnenstrahl auf den vergilbten Teppichfliesen

40

lockt mich in Zimmer 1852. Ich notiere mir die Zahl – man weiß ja nie. Aus dem winzig kleinen Raum hat man einen gigantischen Blick über die Dächer Berlins hinüber zum Reichstag, auf dem sich die ersten Frühaufsteher wie Raupen in der Kuppel hocharbeiten, sich aber nicht aus ihrem Kokon befreien können und auf einen sommerlichen Schmetterlingsflug verzichten müssen. Sie sehen wie animierte Legomännchen aus, die von einer Noppe zur nächsten gesteckt werden und nur mühsam vorankommen.

Mein Grundschullehrer hatte schon recht: ich lasse mich zu schnell ablenken. Wende den Blick unfreiwillig von der fantastischen Szenerie ab und denke nach. Ich brauche einen Startpunkt, einen Auslöser, der meinen Suchinstinkt zum Suchtinstinkt werden lässt. Also gut. Vielleicht sollte ich versuchen mich an Schwester Karin zu halten. Vielleicht ist sie involviert – weiß Bescheid. Ich entscheide mich das Treppenhaus zu benutzen. Zehn Stockwerke im oberschenkelstrapazierenden Galopp hinab in die achte Etage, wo sich erstens das Besucher-WC und zweitens Station 5 – Computertomographie, befinden. Die sanitären Einrichtungen sind auffällig neu und riechen citrusfrisch. Eine willkommene Abwechslung zu unserem gemeinschaftlichen Plumpsklo. Beim Wasserlassen kommt mir eine raffinierte Idee: vielleicht befindet sich irgendwo an meinem Körper ein radioaktives Tatoo, das in der Röhre sichtbar wird und das Geheimnis – den entscheidenden Hinweis – preisgibt. Bekloppt. Nein, so wird das nie was. Wasche mir pflichtbewusst die Hände und streune wie ein ausgesetzter Hund durch Station 5. Entscheide mich gedankenverloren, »Computertomographie« zum Wort des Tages zu wählen. Weiß auch nicht warum. Klingt irgendwie spannend, verheißungsvoll. Comm…tom…gra… Co…to…gr…Ctg. Ctg – das kann doch gar nicht sein. Ist das Zufall, oder stehe ich tatsächlich so kurz vorm Etappenziel? Na klar: ctg – catch the grabber. Urplötzlich spüre ich jede Faser meines Körpers zittern, Schweißperlen schweben an Cocktailschirmchen auf den kalten Boden, Elektrolyte tanzen Rock'n Roll in meinen Blutbahnen und ich spüre meinen Puls an der Schläfe anklopfen. O. K. – jetzt nur nichts anmerken lassen. Cool bleiben. Jetzt ist mir klar, wonach ich suchen muss. Die Röhre. Der Computertomograph. Scanne jeden Staubfussel, jedes noch so kleine Etwas. Komme mir wie eine menschgewordene Mischung aus Terminator und Superman vor. Raum 1034. Untersuchungsraum I. Computertomographie. Abgeschlossen. Ausgeschlossen. Kein Hinweis.

Drehe mich um. Raum 1036. Untersuchungsraum II. Computertomographie. Schaue genau hin. Gehe noch näher ran. Erkenne unter dem Türschild ein Heftpflaster, auf dem das CreaTVity Logo aufgedruckt ist. Ziehe den Streifen sorgsam ab. Ein Buchstabe kommt zum Vorschein: H. Waaaaahnsinn, das ist es.

Krame sofort mein Mobiltelefon hervor, und schicke die gute Nachricht an die Zentrale. Lars und Udo rufe ich an und verkünde stolz meinen Triumph. Muss wieder runterkommen – die Euphorie neutralisieren. Am Kaffeeautomaten ziehe ich mir eine Tüte M&M's, denen ich nicht den Hauch einer Chance lasse, in der Hand zu schmelzen. Einen narkotisierten Patienten erleichtere ich um seine natriumarme Flasche Mineralwasser und mache mich auf leisen Sohlen auf den Weg nach draußen. Meine stolzgefüllte Brust sendet Glückshormone in die entferntesten Winkel meines Körpers. H.

Dunkle Schatten

Lars und Udo haben beschlossen, dem ersten Hinweis gemeinsam nachzugehen. Ihr Ziel heißt Alexanderplatz. Der Fernsehturm macht ein Verlaufen quasi unmöglich, auch wenn die silbrige Aluminiumkugel für kurze Momente hinter dem einen oder anderen Baukran verschwindet. Udo strahlt wie immer Souveränität aus – vermittelt das Gefühl, nichts und niemand können ihn aus der Ruhe bringen. Lars hingegen ist die Nervosität anzumerken. Sein staksiger Gang, seine steinerne Mimik strahlen Unwohlsein aus, das nur durch eine ordentliche Menge Bier kompensiert werden kann. Aber jetzt ist keine Zeit für Party. Jetzt wird es ernst. Auf ihrem Stadtplan ist ein Hinweis eingetragen. U-Bhf. Alexanderplatz / Ausgang Münzstraße 08:30 Uhr – Führung anschließen. Klingt organisiert. Kann nicht schief gehen.

Als sie ankommen tummeln sich bereits einige Berlin-Kurztripper am vereinbarten Standort. Sie hüpfen von einem Bein aufs andere und vertreiben sich die Wartezeit mit Brilleputzen, Schnürsenkel öffnen und schließen, Nase schnauben und nichts tun. Wobei nichts tun unter Umständen anstrengender ist, als irgendetwas zu tun. Man kann natürlich auch nur so tun, als ob man nichts tut und dabei zusehen, wie andere nichts tun oder zumindest vorgeben nichts zu tun. Das tut hier aber auch nichts zur Sache. Das kollektive Warten fördert das Schließen neuer Bekanntschaften nur sehr bedingt, und so ist die Freude groß, als ein uniformierter, mit überdimensional großer Maglite ausgestatteter Offizieller auftaucht und das schüchterne Grüppchen um sich scharrt. Erst jetzt treffen sich die einen oder anderen Augenpaare – fällt die Last des Wartens ab.

Der Mitarbeiter des eingeschriebenen Vereins *Berliner Unterwelten* ist eine stattliche Erscheinung. Die Mischung aus Bierbauch, aufgeblasenen Bizeps und 3mm Haarschnitt strahlen Autorität aus. Nachdem er die Horde um jeweils acht Euro erleichtert hat, lenkt er sein Publikum durch eine Unterführung hinab zur U-Bahnlinie 5. Kurz vor dem Bahnsteig öffnet er eine als Putzkammer getarnte Tür und bittet seine Schäfchen in einen unerwartet großen Raum. Die Wände sind kahl, der Boden staubig. Auf hölzernen Bänken nehmen die Teilnehmer der Führung schweigend und bedächtig Platz. Dann holt er aus. Verbal. Und erzählt, worum es geht. Nämlich um die Besichtigung eines riesigen Bunkers, welcher während der NS-Zeit als Zufluchtsstätte vor den alliierten Bombenangriffen diente. Selbst Udos Miene lässt jetzt kleine Falten erkennen. Zeichen des Insichgehens, des Grübelns und einer inneren Unruhe. Der Raum, in dem sie sich befinden, diente als Schleuse für die nachfolgenden Unterkunftsbereiche. Wärter hatten die unmenschliche Aufgabe zu entscheiden, wer Zuflucht fand oder abgewiesen wurde. Die Wahrheit war so einfach wie grausam zugleich: entweder im hoffnungslos überfüllten Bunker langsam ersticken, oder im Granatsplitterhagel der Stadt zerfetzt werden.

Den Zuhörern stockt der Atem. Bilder schießen durch die Köpfe und werfen einen dunklen Schatten aufs Gemüt. Nach einer kurzen, aber eindrucksvollen Einleitung, geht's bedächtigen Schrittes durch ein Labyrinth massiver Betonwände. Jeder Raum, jeder Abschnitt ist mit Buchstaben und römischen Ziffern markiert. Ist es das, worauf die beiden achten müssen? Sie spüren, dass die Aufgabe und die niedrigen Decken den Druck erhöhen – die Spannung unangenehm wachsen lassen. Lars notiert sich sämtliche Hinweise, jede noch so kleine Chance will genutzt werden. Plötzlich hält die Gruppe inne. Sie bewegen sich in einem aussichtslosen Raum, der das Pochen jedes einzelnen Herzens in eine Flut von Schallwellen wandelt. Riesige Rohre, Leitungen, die aus dem Nichts zu kommen scheinen, enden hier. In einer düsteren Ecke des Raums befindet sich eine Maschine, die aus einem mechanischen Gewirr von Zahnrädern und Ventilen besteht. Zwei unfreiwillig zu Freiwilligen auserkorene Westfalen betätigen den langen Hebel des technischen Apparates im Gleichtakt. Sie wälzen die Luft um – Kohlenmonoxid nach draußen und Sauerstoff hinein. Schon nach wenigen Augenblicken kommen sie ins Schwitzen – atmen rasend schnell. Jedem Besucher wird sofort klar, was es bedeuten mag, die lebensspendende Maschinerie Tag und Nacht in Betrieb zu halten.

Der Weg in den Sanitätstrakt ist von Bildern gesäumt, von historischen Emailleschildern, von persönlichen Schicksalen. Luxus erwartet hier mittlerweile niemand mehr. Keine Türen – keine Intimsphäre. Die Toiletten sind lediglich mit schweren, grauen Vorhängen voneinander getrennt. Der Grund lässt die Zuschauer schaudern: Die Dunkelheit, die Enge, die unmenschliche Häufung menschlichen Elends führte nicht selten in den Freitod. Für diese makabere Endhandlung suchten sich die Hoffnungslosen den Ort mit dem letzten Maß an Privatsphäre – die WC's. Daher entfernte man den einst hölzernen Sichtschutz, um die Selbsttötungsrate auf ein Minimum zu reduzieren. All die Gedanken, Bilder und Geräusche verstärken das beklemmende Gefühl, das sich zu einem düsteren Puzzle zusammensetzt. Die Teilnehmer dieser eindrucksvollen Führung rücken immer näher zusammen, suchen emotionalen Schutz. Lars und Udo fährt der Schrecken in die Glieder, als ein Schwall warmer Luft und ein Geräusch wie tausend Blitze den Raum durchtränkt. Durch ein stählernes Gitter erkennen sie einige Meter unter ihnen eine U-Bahn durch den Tunnel schießen. Der Zug verdichtet die Luft und löst ein taubes Gefühl im Ohr aus. Kaum hat sich nach einmal kräftig schlucken der akustische Empfänger beruhigt, bekommt der Riechkolben etwas zu tun. Ein Geruch zwischen Eau de Toilette und nur Toilette dringt in verengte oder operativ geformte Nasenscheidewände. Dieser Duft von Unterwelt bleibt hängen. Udo formuliert in Gedanken schon einen Businessplan: seine Parfumkollektion soll *U* heißen. Schlicht und einfach – so kurz und bündig wie diese Stadt. Als Flakon dient die Miniaturausgabe eines knallroten Fahrkartenentwerters. Nach diesem geistigen Ausflug in die Welt der nasalen Stimulans versucht Udo die Weichen neu zu stellen, seine virtuelle Wagenkomposition in den richtigen Endbahnhof seiner Gedankenwelt zu steuern. Immerhin geht es hier um mehr als neuökonomische Phantasien – es geht um Aufmerksamkeit, um Konzentration, ohne die sie den Maulwurf nie aufspüren werden.

Eine steile Treppe führt die Truppe in die Schlafräume des verworrenen Bunkers, der keinen Anfang und kein Ende zu kennen scheint, sich unaufhörlich um die eigene Achse dreht und seinen Insassen einen permanenten Schwindel wie Samen in das Hirn pflanzt. Auf drei Etagen sind leinenbezogene Pritschen übereinander gestapelt. Luft zum Atmen blieb kaum. Die Kapazität der vorhandenen Schlafgelegenheiten unterbot die Zahl der Schlafsuchenden um ein Vielfaches. Daher – so erklärt der erstaunlich sanft wirkende Tourguide – schliefen die Menschen im Achtstunden-Rhythmus. Den Rest der endlos langen Zeit verbrachten sie in Gemeinschaftsräumen, die diesen Namen nicht verdient haben. Das Nichtstun, die Unsicherheit, die permanente Angst ließen die Gemüter gleichgültig und schwermütig werden. Raum und Zeit hatten jede Bedeutung verloren.

Es zischelt. Es fiept. Eine kleine Maus? Ein Maulwurf? Der Maulwurf? Lars und Udo sind hellwach. Ein Hinweis? Vielleicht. Udo stürzt sich wagemutig unter eine Pritsche, um dem kleinen Geschöpf den Weg abzuschneiden. Warum, weiß er selber nicht. Viel verraten wird ihm der pelzige Zeitgenosse auch nicht können. Lars zieht seinen Teamgefährten aus dem staubigen Untergrund, bevor die peinliche Aktion von einem Anwesenden bemerkt wird. Die Anspannung ist groß, die selbst gesteckten Ziele scheinen in unerreichbare Ferne gerückt. Beide schauen sich mit großen Augen an – versuchen, sich zu motivieren und über ihre fünf Sinne einen Scharfzeichnungsfilter laufen zu lassen. Noch bevor alle gedanklichen Konturen wieder an Kontrast gewonnen haben, setzt sich der bunte Haufen in Bewegung. Ein Mauerdurchbruch führt sie in einen Stollen, dessen Höhe Liliputaner als angenehm empfinden würden, Normalwüchsige aber zum Bücken zwingt. Das Erscheinungsbild ändert sich. Die Baustruktur mutiert von Beton zu plattgewalztem Erdreich, das an einigen Stellen mit massiven Holzträgern gestützt wird. Sie befinden sich in einer anderen Epoche, einem anderen Jahresring deutscher Geschichte. Der Zeit des kalten Krieges. Hier bohrten Ost- und Westalliierte nicht nur in der Nase, sondern auch um die Wette endlos lange Tunnel in den Berliner Untergrund, um den jeweils anderen um seine kommunikativen Geheimnisse zu erleichtern. Der eine oder andere Fluchttunnel gesellte sich dann später auch noch in den erdigen Schweizer Käse, auf dem die Dreieinhalb Millionenstadt erbaut ist. In eine dieser vermeintlich freiheitsbringenden Röhren biegt die touristische Gruppe nun ab. Schon nach wenigen Schritten scheinen sie wiederum auf einen U-Bahnschacht zu treffen, der durch ein leichtes Gitter aus Aluminiumrohren zwar versperrt ist aber kein wirkliches Hindernis für eine ernst gemeinte Republikflucht darstellt. Könnte man meinen. Der ganze Charme der sozialistischen Fürsorge wurde erst beim Aufsägen oder Eintreten dieser Sperranlage deutlich. Ein gut getarnter Klingeldraht im Inneren der Rohre informierte den pflichtbewussten Volkspolizisten über die anstehende Abkehr vom Bauern- und Arbeiterstaat, so dass ihm noch genügend Zeit blieb genüsslich seinen Broiler zu verspeisen, um kurze Zeit später rülpsend den Abtrünnigen Handschellen anzulegen und sie ohne Prozess in eine gut gesicherte Besserungsanstalt lebenslänglich zu überführen. Vorwärts immer. Rückwärts nimmer.

Die hohe Luftfeuchtigkeit, die modrige Umgebung und die quälende Enge des Tunnels wirken beängstigend. Die Taschenlampe wirft geisterhafte Schattenspiele in die Gesichter der Touristen, die ihren Gang beschleunigen und wenige Augenblicke später in einem hallenartigen Kubus ankommen. Die Sterilität des Raums lässt Stimmen vibrieren, zittern, sich überschlagen und gegenseitig überholen. Eine gespenstische Soundpyramide, die in einem phonetischen Orgasmus endet und in sich zusammenzubrechen droht. Nur langsam kehrt Ruhe ein. Stille. Lediglich das Summen der gleißenden Neonlampen ist zu hören und wie ein eisiger sibirischer Wind auf der Haut zu spüren.

Klack. Das Licht ist aus. Orientierungslosigkeit. Unbehagen. Nur langsam öffnen sich die Augen wieder. Brauchen Zeit, um die letzten Lichtpartikel zu Umrissen der Umgebung zusammenzusetzen. Je länger man schaut, umso deutlicher sind sie zu erkennen. Hinweise, Schriftzüge. Vor über sechzig Jahren mit fluoreszierender Farbe auf die Wände aufgetragen. Sie weisen im Falle eines Stromausfalls den Weg. Verstärken das Restlicht. Lars und Udo sind beeindruckt. Ihre Spannung löst sich allmählich. Sie drehen sich um ihre eigene Achse. Und stehen plötzlich vor einer Wand – übersät mit unendlich vielen, grünlich schimmernden Maulwürfen. Sie strahlen intensiver als die übrigen historischen Markierungen. Sie sind nahe dran – das wissen sie. Die anderen Besucher haben sich unbemerkt davongeschlichen – ihre Führung fortgesetzt. Die beiden schauen immer wieder wie gelähmt auf die Wand. Vergessen das Blinzeln und fast auch noch das Atmen. Wo ist der Hinweis? Dieser verdammte Hinweis. Kein Buchstabe – keine Ziffer. Nur leuchtende Maulwürfe. Udo fängt an zu zählen. 126. Vielleicht ist es diese Zahl, nach der sie suchen. Notiert. Kapiert. Vielleicht ist dieses Schaubild lediglich ein Ablenkungsmanöver – keine heiße Spur – eine Falle. Sie entschließen sich, der Gruppe zu folgen. Am Ausgang des Raums halten sie kurz inne – schauen noch mal zurück. Dann wird es klar. Offensichtlich. Aus der Entfernung bildet der Haufen glimmender Maulwürfe einen Umriss. Die Kontur ist klar zu erkennen. Die geschwungene Linie eines Buchstabens. S.

Kometenschweif

Mein Handy vibriert und lässt die letzten M&M's in der linken Hosentasche Foxtrott tanzen. Es sind Lars und Udo. Sie haben einen Hinweis entdeckt. Gemeinsam. Jetzt haben wir also schon zwei Kandidaten des Alphabets aus der Buchstabensuppe gefischt. H und S. S und H. Mache mir erst gar nicht die Mühe, mir einen Reim auf die ersten beiden Indizien zu machen. Genieße lieber noch die Euphorie, den Moment des Erfolges, der sich in dieser Stadt gleich doppelt so gut anfühlt. Darf mich aber auch nicht verleiten lassen, überheblich zu werden, anzunehmen, dass es so problemlos weitergeht.

Mein Stadtplan zeigt mir die Richtung an und gibt den Takt vor. Die nächste Etappe heißt Pergamonmuseum. Als ich den Namen entziffere wird mir bewusst, dass ich auch davon schon gelesen, einen Bericht gesehen oder eine Reportage gehört habe. Das ist aber erstens kein Wunder, da die Stadt Berlin medial ausgeschlachtet wird, und zweitens nicht wirklich hilfreich, da mich meine Vorkenntnisse bei der Hinweissuche wahrscheinlich nur marginal weiterbringen werden.

Die Museumsinsel, deren Mittelpunkt das Pergamonmuseum darstellt, ist schnell zu erreichen. Ich erinnere mich an den faszinierenden Blick aus dem
18. Stock der Charité. Von dort oben habe ich den musealen Gebäudekomplex schon unbewusst visuell gestreift, ihm aber keine größere Aufmerksamkeit geschenkt. Immerhin bilde ich mir ein, den Weg auch ohne kartographische Hilfsmittel finden zu können und verstaue meinen Stadtplan selbstbewusst im Rucksack, in dem die eben entwendete Flasche Mineralwasser blubbernde Geräusche von sich gibt. Und ab und zu zischt.

Die Gassen werden kleiner, die Baustellen größer. Das erste was ich von der Museumsinsel wahrnehme sind Gerüste, Kräne und bläulich schimmernde Bauplanen. Sie stehen in krasser Konkurrenz zum undefinierbaren Farbmix der nahe gelegenen Spree. Erst jetzt wird mir klar, dass die historischen Bauten vollständig von Wasser umgeben sind. Ein Fels in der Brandung. Ein Klotz am Bein der Steuerzahler, die ihre Milliarden lieber in den Ausbau des Straßennetzes investiert sehen würden. Ich versuche ein Gefühl für diese steinernen Ungetüme der Zeitgeschichte zu entwickeln, sie mit Wohlwollen zu bedecken und freudige Assoziationen auszulösen. Nur gelingen tut es nicht. Zu mächtig, zu düster. Einzig der Eingang ins Pergamonmuseum ist gläsern transparent – lädt wie ein Bienenstock zum Einschwärmen ein, zum Verweilen im Halbdunkel, zum süßen Schlemmen im bernsteinfarbenen Schleier glänzender Zuckerkristalle. Nehme mir vor, mich nicht von der gigantischen Kulisse einschüchtern, mich nicht von der unüberschaubaren Größe abschrecken zu lassen. Hier wird wohl keine hilfsbereite Krankenschwester warten, um mich zu verarzten.

Am Eingang empfangen mich bloß blasswangige Philosophiestudentinnen, die ihren Stoffwechsel denen mumifizierter Pharaonen angepasst haben. Für sechs Euro die Stunde erzählen sie staunenden Touristen, dass das Pergamonmuseum als letztes der fünf Bauten der Museumsinsel 1930 eröffnet wurde und in den drei Flügeln das Antikenmuseum, das Vorderasiatische und das Islamische Museum untergebracht sind. Außerdem drücken sie jedem Besucher Kopfhörer und einen elektronischen Museumsführer in seiner jeweiligen Landessprache in die Hand.

Die Stimmung in diesen Gemäuern ist gedrückt. Stimmen werden in den meterdicken Wänden wie von einem Staubsauger inhaliert und nicht wieder freigegeben. Keine Reflexion. Kein Hall. Die Gerüche, die sich hier säulenartig unter der Kuppel und den hohen Decken sammeln, scheinen direkt aus den Grabkammern vergangener Zeiten empor zu kriechen. Der Gang der Besucher ist bedächtig, steif – nahezu sakral. Konversation wird gedämpft betrieben. Jeder Schritt scheint in den schweren Bodenplatten für alle Ewigkeit zu verschwinden, sich in den Katakomben zu vereinen, um sich eines Tages in einer gewaltigen Eruption Luft zu machen. Die Beleuchtung wirkt surreal – zu real für Neonlicht, zu künstlich für Sonnenlicht. An den Kanten der mächtigen Glasvitrinen bricht sich das Licht und ergießt sich in einen Eintopf bunter Farben.

Das sinnliche Potpourri findet seinen vorläufigen Höhepunkt, als sich mein vollautomatisches Audiosystem einschaltet und beginnt, mich systematisch durch die verschiedenen Sammlungen zu führen. Ferngesteuert werde ich an unzähligen Vasen, Büsten und Statuen vorbeigelenkt, deren

Geschichte mir wenig sagt und mich auch nicht sonderlich interessiert. Trotzdem fühle ich den Zauber – die Erotik des Gewesenen. Allerdings spüre ich nicht, dass ich auf gutem Wege bin, meine Aufgabe in Kürze zu lösen. Ich werde schon wieder unruhig, ungeduldig. Gewinne an Herzfrequenz und verliere an Übersicht. Plötzlich sackt die Lautstärke meines elektronischen Museumsführers ab. Muss sie hochschrauben – fast bis zum Anschlag. So, jetzt ist besser. Nehme die sanfte Stimme wieder besser wahr. Dafür verstärkt sich das Hintergrundrauschen. Ein Rauschen, das kein Rauschen ist. Jemand singt. Auf Deutsch. Drücke nochmals auf die Volumetaste, bis meine Ohren wie Raumfähren beim Wiedereintritt in die Atmosphäre glühen. Jetzt kann ich es hören – verzerrt zwar, aber immerhin. Ein Song, den ich nie zuvor gehört habe. Ein Refrain, bei dem ich die Ohren mit einem virtuellen Anspitzer auf sensibelsten Empfang stelle:

Fang den Maulwurf, bevor er sich verkriecht – unterm Altar, den frischen Käse riecht.

Wie bitte? Was? Das kann ja wohl kein Zufall sein, oder doch? Dann dämmert es mir – dann wird es klar. Ich muss sofort zurück zum Pergamonsaal. Dort ist der antike Altar untergebracht, der mit seinen Ausmaßen fast den Raum zu sprengen droht. Ich renne, beschleunige mein Gehirn schneller als meinen Körper und drohe zu stolpern. Zu stürzen. Fange mich ab. Spüre keine Anstrengung. Überwachungskameras haben ihre liebe Mühe mich einzufangen, kugeln sich ihre Gelenke aus und schlagen splitternd im Untergrund auf. Interessiert mich nicht. Muss schon wieder abbremsen, um nicht ungeschützt in die aufgerissenen Mäuler der sandsteinigen Löwen zu rasen, die die Flanken der Altartreppe sichern. Das Licht ist merkwürdig gedämmt in diesem Augenblick. Keine Menschenseele zu sehen. Gespenstisch. Aus der gegenüberliegenden Wand projiziert ein schwacher Laser ein Muster auf den obersten Giebel der biblischen Szenerie. Und umkreist ein Zeichen. Einen Buchstaben? Nein, eine Hieroglyphe. Ein Schriftzeichen der alten Ägypter. Euphorie weicht Ernüchterung. Siegesgewissheit weicht Enttäuschung. Ratlosigkeit. Versuche mich an das ägyptische Alphabet zu erinnern, das ich natürlich noch nie beherrscht habe. Muss erst mal raus hier – raus aus dem Mysterium. Kann keinen klaren Gedanken mehr fassen. Zeichne nur noch schnell die Kombination aus geschwungenen Linien und Tiergestalten auf meiner Handfläche auf. In meinem

Kopf baut sich ein Überdruck auf, der die Schädeldecke zum Abheben zu bringen droht. Im Laufschritt ziehe ich den Staub der Jahrhunderte wie einen Kometenschweif hinter mir her. Der gläsernen Drehtür zum Ausgang gebe ich einen kräftigen Stoß und wirble Frischluft in mein errötetes Gesicht.

Auf der granitfarbenen Freitreppe baue ich meine Anspannung ab und sinke ruhig auf den kalten Stein. Das leise Rauschen der ruhig vorbeischlendernden Spree versetzt mich in eine meditative Stimmung, die die Konzentration wieder möglich macht. Wie finde ich des Rätsels Lösung? Die Übersetzung des Zeichens in eine für mich lesbare Form? Brauche eine Bibliothek – ein altägyptisches Wörterbuch. Vielleicht finde ich im Index meines Stadtplans eine Anregung. Falte die papierenen Planquadrate vorsichtig auseinander bis sie eine große Fläche bilden. Da steht es: Staatsbibliothek zu Berlin – Preußischer Kulturbesitz. Hier muss es doch was geben. Klingt doch groß. Klingt viel versprechend. Merke mir die Koordinaten: E / 13. Drehe den Plan um und kreise mit dem Zeigefinger das Zielterritorium ein. In der Nähe des Potsdamer Platzes werde ich fündig – und staune schon wieder. Die Staatsbibliothek ist bereits markiert – schon als nächste Etappe meiner Suche auserkoren. Wow. Bin auf der richtigen Fährte – da bin ich mir jetzt sicher. Knüll den Plan lieblos zusammen und mache mich in Windeseile auf den Weg zum S-Bhf. Friedrichstraße. Schaue noch mal lächelnd auf die monströsen Gemäuer der Museumsinsel zurück und merke, dass die eben noch empfundene Bedrohung einer versöhnlichen Zuneigung gewichen ist. Auf dem Bahnsteig der S-Bahnlinie 2 zähle ich ungeduldig Zigarettenkippen. Nach Nummer 163 fährt der Zug ein und schiebt mich gleichstromgetrieben durch schmale Tunnelanlagen, die Berlin wie Maulwurfsgräben durchpflügen. Die Fahrt ist kürzer als ich denke. Gerade mal vier Minuten bleiben mir Zeit, um eine Kopie der Handflächenzeichnung auf meiner neuronalen Festplatte abzuspeichern. Die Rolltreppe spuckt mich direkt unterhalb der Zeltkonstruktion des Sony-Centers aus. Jetzt bleibt keine Zeit für Sightseeing, so reizvoll es auch wäre, die Glas- und Chromatmosphäre des neuen Berlins einzuatmen. In den großflächigen Fensterfassaden der Cocktailbars und Kinotempel reflektiert sich mein fades Spiegelbild und gewinnt an Glanz. Ein unpassender Augenblick für Eitelkeiten. Die Staatsbibliothek ist das Ziel – und der Weg dorthin nur noch wenige Kirschsteinspuckweiten entfernt.

Das kubische Gebäude glänzt wie eine Buttercremetorte. Eine Schicht nach der anderen wurde hier zu einem architektonischen Sahnestück zusammengefügt, an dem Naschen der Statik wegen verboten ist. Eine freundliche Bibliothekarin jenseits von gut und böse lächelt mich damenbartverziert an. Ich lächle stoppelbärtig zurück und scheine ihr Herz im Nu gewonnen zu haben. Sie nutzt die Chance, mir den Bestand der Sammlung in allen Einzelheiten zu erklären. Ich muss energisch dazwischen gehen, um ihr mein dringendes Anliegen mittels meiner Handzeichnung plastisch darzulegen. Sie zwinkert mitleidig zurück und versucht mir weizumachen, dass die Sammlungen der Orientabteilung 600'000 Bände umfassen und das Suchen einer heißen Spur nicht mal eben in zehn Minuten gemacht ist. In einem Nebensatz erwähnt sie aber auch etwas von einer einmaligen Sammlung von Handschriftenkopien, die Originale von Afrika bis Ost- und Zentralasien auf Mikrofilmen umfasst. Das klingt gut. Das ist doch mal ein Ansatzpunkt. Noch bevor ich mich in den Papierdschungel stürze, verabschiede ich mich mal wieder schwachblasig in einen WC-Trakt. Au revoir Pissoir. Bon jour mon amour.

Im ersten Stock erwartet mich eine ganze Farm von Mikrofilmlesegeräten die nach Futter lechzen. Futter gibt es hier genug. Tausende Karteikästen reihen sich wie Jungpioniere nebeneinander und warten auf den Fahnenappell. Der kommt aber nicht. Dafür aber ich. Reiße ein letztes Mal meine Augenlider bis zum Anschlag hoch, um die Zeichnung in meinen virtuellen Speicher einzubrennen. Sie ist nicht mehr da – die Zeichnung meine ich. Verdammt. Habe sie wohl gedankenverloren beim Händewaschen abgespült und in die finstern Gewölbe der Berliner Kanalisation befördert. Darf mich jetzt nicht aufregen – nicht ärgern. Muss mich auf mein Gedächtnis verlassen und Selbstvertrauen finden.

Systematisch durchforste ich den elektronischen Katalog der Mikrofilmsammlung, hantiere mit wilden Kombinationen aus Und/Oder-Operatoren. Bis ich fündig werde. Die Stichwortkette Pergamonmuseum – Altar – Hieroglyphen fördert ein Resultat zu Tage: JK / 214 / b. Ein historisches Wörterbuch. Altägyptisch ins Lateinische und umgedreht. Schnappe erst nach Luft und dann den Mikrofilm aus dem hölzernen Archiv. Unter dem Lesegerät verwischt zunächst ein Schweißtropfen die klare Sicht. Mein heißer Atem verdampft die feuchte Spur nur gemächlich. Als sich der Schleier legt, staune ich nicht schlecht. Unzählige Formen, Linien und Tiergestalten unterstreichen eindrucksvoll die kulturelle

Höchstleistung der altägyptischen Gesellschaft. Lege den zweiten Film ein und werde stutzig. Muss noch mal zurück zum ersten. Schaue mir das vorletzte Zeichen genauer an. Spiegelverkehrt zwar – aber das muss es sein. Erkenne genau das Muster wieder, welches oberhalb des Altars per Laser eingekreist wurde. Die Übersetzung befindet sich in der Spalte daneben. O. Es ist ein

O. Ich hab's. Jaaa!

Mein persönlicher Triumph entlässt mich aus der Verantwortung, wieder Ordnung in die Karteikästen zu bringen. Schwebe über den braunen Teppichboden bis zur Treppe, gleite auf dem Geländer sicher wie eine Schweizer Bergseilbahn zu Tal und werfe der Bibliothekarin einen ernst gemeinten Handkuss zu. Ist eigentlich doch ganz hübsch. O.

Über den Wolken

Während Udo sich bereits wieder auf den Weg gemacht hat, lässt sich Lars noch einige Augenblicke die emotionale Champagnerdusche schmecken. Kostet den prickelnden Erfolg aus, auch wenn die Bunkeratmosphäre für mächtig wacklige Knie gesorgt hat. Im langen Schatten des Fernsehturms am Alexanderplatz lässt er sich eine ebenso lange Berliner Currywurst rot-weiß schmecken, und spült den gewöhnungsbedürftigen Nachgeschmack mit entkoffeinierter Cola in den Magentrakt, wo sich dieser ungesehen, aber gut riechbar, verflüchtigt. Noch einen tiefen Seufzer gönnt er sich – dann wirft er einen gestählten Blick auf seinen Stadtplan, der mit dem nächsten Hinweis schon auf ihn wartet. Keine Pause – keine wirkliche Erholung.

Lars staunt nicht schlecht als er bemerkt, dass er sich bereits am nächsten Ort seiner Route befindet. Es gilt den Schattenspender zu erklimmen, den betonwandigen Zylinder des Fernsehturms. Sein Blick gleitet an der grauen Struktur des Gebäudes entlang in den Berliner Himmel, der sich heute von seiner schönsten Seite zeigt. Federleichte Kondensstreifen ziehen sanfte Muster in das tiefe Blau und schmücken das Himmelszelt mit Frühlingsgefühlen. Die Besucherplattform sieht von hier unten wie ein quecksilbriger Kugelfisch aus, der sich im Element geirrt hat und nun in stratosphärischen Höhen für immer sein Leben fristen wird. Die Radio- und TV-Antenne sticht wie eine heiße Nadel in kältere Luftschichten, aber bringt sie nicht zum Schmelzen. Der Eingang befindet sich unter einer zackenförmigen Konstruktion, deren weiße Farbe abzubröckeln droht und eines Tages einer amerikanischen Eintagestouristin durch das unansehnliche Dekolleté auf die XXL-Wampe schlagen wird. Von dort verkrümeln sich die kleinen Asbestteilchen unbemerkt in noch unansehnlichere Gefilde. Knirsch.

Das Foyer des höchsten Gebäudes Berlins ist bereits gut besucht. Diszipliniert schieben sich die Besucher eng an eng zum Kassenhäuschen, das den Charme der DDR noch nicht vollständig abschütteln konnte. Lediglich die magentafarbene Leuchtreklame eines größeren deutschen

Telekommunikationsunternehmens macht klar, dass auch hier der geschichtliche Zeitsprung nicht ganz unbemerkt geblieben ist. Um die Wartezeit mit freudigen Erinnerungen aber monetären Schwindsuchtsymptomen zu verkürzen, bieten geschäftstüchtige Ich-AG′ler einen interessanten Fotoservice an. Für hart verdiente acht Euro kann man sich hier solo oder mit seiner Liebsten auf eine Kaffeetasse bannen lassen. Jeder, der sich erwartungsvoll für den Besuch des TV-Turms anstellt, wird zwangsläufig von der Linse optisch scharf erfasst und auf einem Monitor elektronisch im Angesicht der Mitwartenden präsentiert. Da hilft nur eins: freundlich lächeln und den Kaugummi unsichtbar hinters Gaumenzäpfchen kleben. Doch damit nicht genug. Neben der fotographischen Erfassung werden die Besucher seit neuestem zusätzlich mit einem sanften Laser dreidimensional gescannt. Diese kriminalistisch anmutenden Erkennungsmethoden dienen allerdings nicht der Zerschlagung der Achse des Bösen, sondern der Effizienzsteigerung der touristischen Wertschöpfungskette. Für schlappe zwanzig Euro kann man oder Frau sein oder ihr Konterfei in einen Würfel aus Plexiglas fräsen lassen. Das ist insbesondere für die Zielgruppe zu empfehlen, die schon erste Anzeichen von Alzheimer an sich bemerkt und im Falle des tatsächlichen Ausbruchs der Krankheit dennoch ihrem Bedürfnis nachkommen kann, sich selbst zumindest gelegentlich nicht ganz fremd zu sein.

Jetzt ist Lars gleich dran. Ob er will oder nicht. Der zitternde gebündelte Lichtstrahl tastet lautlos sein Gesicht ab. Irgendwie beängstigend. Wer weiß, welche gesundheitlichen Spätfolgen die grünlichen Lichtimpulse nach sich ziehen. Egal – Augen zu und durch. Kaum wurde die letzte Pore seiner kantigen Kinnpartie in Nullen und Einsen umgewandelt erschrillt ein helles Alarmsignal. Lars erschrickt. Hektisch schaut er erst nach links und dann nach rechts. Aus den Augenwinkeln erkennt er sein Gesicht im Monitor des Fotoservice aufflimmern. Rot umrandet – im Takt des Alarmsignals blinkend. Im unteren Drittel des Bildschirms erscheint sein Name: Lars Neumann. Ratlosigkeit und ein lähmendes Gefühl machen sich in seinem schlaksigen Körper breit. Seine Haltung scheint noch mehr an Stabilität zu verlieren – in sich zusammen zu fallen. Lars wirkt marionettenhaft – trotzdem fehlt ihm die führende Hand. Wie benommen bewegt er sich zur freundlich dreinblickenden Fotodame, die ihn sanft zur Seite nimmt. Sie redet beruhigend auf ihn ein, versucht ihm die Spannung zu nehmen. Flüsternd erklärt sie ihm, dass CreaTVity ihr den Auftrag erteilt hat, ihn aus der Masse der Besucher herauszufischen, um ihm einen Umschlag zu überreichen. Lars wünscht sich Udo herbei. Der ist aber nicht da, und so muss er selber mit diesem Druck fertig werden, mit den vielen Augenpaaren, die ihn fixieren und deren Blicke er als schmerzhafte Einschüsse in seinen fragilen Körper empfindet. Er lässt sich auf einen kleinen Hocker fallen, der sich blickdicht hinter der optischen Einflugschneise der Warteschlange verbirgt. Und öffnet den Umschlag.

»Hallo Lars.

Herzlich Willkommen im Fernsehturm am Alexanderplatz. Dich erwartet jetzt nicht nur gleich ein luftiger Blick über Berlin, sondern auch eine überaus anspruchsvolle und spannende Aufgabe. Anbei erhältst Du eine Liste einiger markanter Gebäude Berlins, die vom Turm aus gut mit dem bloßen Auge zu erkennen sind. Deine Aufgabe wird nun darin bestehen, eben diese Gebäude nach einem ganz bestimmten Prozedere auf dem beigelegten Umriss des Fernsehturms (Draufsicht) innerhalb eines Koordinatensystems einzutragen und mit einem Punkt zu kennzeichnen. Mit den beigefügten Instrumenten (Kompass, elektronischer Weitenmesser, Zirkel, Lineal) kannst Du die Position der Gebäude exakt bestimmen und im Maßstab 1:100'000 (in Zentimetern) abbilden. Klingt kompliziert? Ist es aber nicht.

Hier ein Beispiel: den Kühlturm des Kraftwerks Reuter peilst Du aus der gläsernen Luke Nummer 17 an. Er ist exakt 8,5 km in nord nordöstlicher Richtung von Deinem Standort entfernt. Demzufolge zeichnest Du im Abstand von 8,5 cm vom Mittelpunkt des Fernsehturms auf Deiner Zeichnung einen Punkt in die entsprechende Himmelsrichtung ein. Sobald Du alle Punkte exakt abgetragen hast, verbinde sie in chronologischer Reihenfolge der Fensterluken. Dann bist Du des Rätsels Lösung schon sehr nahe. Aber noch nicht am Ziel. Hierfür braucht es noch ein wenig Kreativität.

Viel Glück!«

Lars fühlt sich in seinem mathematischen Ehrgeiz herausgefordert. Ist selbst überrascht von seinem festen Glauben daran, diese Aufgabe lösen zu können. Mit allen Unterlagen und Hilfsmitteln macht er sich ungewohnt leichtfüßig – fast schwebend – auf den Weg zur freundlichen

Ticketverkäuferin, deren schreiend geblümter Kittelschürze wohl aus der letzten Textilproduktion des 88er Fünfjahresplan entsprungen ist. Mit schleifendem Unterkiefer und im schönsten sächsisch schleudert sie die Eintrittskarte mit vehementer Unfreundlichkeit unter dem Counter durch. Lars bedankt sich artig und erntet ein stummes Nichts. Über einen bordeauxfarbenen, langhaarigen Samtteppich bewegt sich Lars bedächtig durch ein Rondell, an dessen Ende sich der Zutritt zum Lift befinden muss. Er ist erstaunt über den Durchmesser des Turms. Gute zwei Minuten benötigt er, um die Runde zu machen – den Kreis zu schließen. Die nach innen kippenden Wände sind mit beige getünchten Pfeilern gestützt, in deren Zwischenräumen sich staubige Spiegel befinden. Hervorragend geeignet, um sich vor dem Höhenflug ein letztes Mal auf die Schuhspitzen zu schauen, und im Fall der Beschmutzung die weichen Teppichfasern sanft um die Dreckpartikel tänzeln zu lassen.

An der Decke hängen verbeulte Spiegelkugeln, die mit ihrer Fischaugenperspektive die Welt skurril biegen und verzerren. Aus einer Linie einen Kreis entstehen lassen und umgekehrt. Der Liftboy (eigentlich gibt es keine unpassendere Vokabel für diese lustige Gestalt) ist von den grauen Innenwänden der Kabine kaum zu unterscheiden. Sein Mund- und Körpergeruch sichert ihm einen gewissen Freiraum rund um seine Bedienelemente und beweisen seine Existenz auf unangenehme Art und Weise. Die Touristen zwängen sich indes in den hinteren Teil des Fahrstuhls und zählen schweigend, sehnsüchtig, dabei luftanhaltend, jede einzelne Sekunde bis zur Aussichtsplattform. 285 Meter reinster Beschleunigung haben gereicht, das Innenohr zur Dienstverweigerung zu bewegen. Dieses tritt den Dienst erst wieder an, nachdem sich die Passagiere Boris Becker-like den Kiefer ausgegähnt haben um lauten und leisen Dezibelschüben wieder einen intakten Resonanzkörper bieten zu können.

Oberhalb der Aussichtsplattform befindet sich ein Drehrestaurant, das gerade von einer Horde südkoreanischer Geschäftsleute gestürmt wird. Der schlumpfenhaften Meute stellt sich eine 1,90 m große Furie entgegen, die vermutlich den einen oder anderen Orden der Nationalen Volksarmee über dem Eichenholzbett zu hängen hat. Sei's drum. An ihr gibt es kein Vorbeikommen, , was sie den freundlichen Asiaten mit krächzenden Lauten unmissverständlich klarmacht. Nix Eintritt – alles voll. Nix reserviert. Und so weiter.

Lars dreht zunächst eine Runde – verschafft sich ein Überblick. Erst von hier oben sind die Ausmaße der Stadt wirklich zu erkennen. Wie ein riesiger, ausgerollter Pizzateig liegt Berlin zu seinen Füßen. Von der Hektik und Impulsivität der Stadt ist nichts zu spüren. Die grandiosen Prachtstraßen wirken wie kleine Rinnsale, in denen sich der Verkehr tröpfchenweise vorwärts bewegt. Grünflächen liegen wie flauschige Bettvorleger inmitten betonierter Sandburgen. Flüsse und Seen glitzern wie lebensspendende Oasen in der Wüstenlandschaft. Er ist fasziniert – begeistert von der urbanen Mächtigkeit. Und hat zu wenig Zeit, sie wirklich zu genießen. Noch bevor er sich seiner eigentlichen Aufgabe stellt, sucht er das WC auf. Und während es so schön plätschert und plumpst geht ihm durch den Kopf, wie das noch mal mit der Fallgeschwindigkeit war. Der Rausch der Tiefe.

Ein Blick auf seine Liste eröffnet das Rennen – löst den Startschuss aus. Luke 7: Debis-Gebäude am Potsdamer Platz. Das Fenster ist schnell gefunden. Über die historischen Gebäudelandschaften hinweg, bleibt Lars Blick automatisch am Potsdamer Platz hängen. Der grünliche Würfel auf dem Dach des gesuchten Gebäudes ist einwandfrei zu erkennen. Er peilt es an, und trägt in einem Abstand von 4,5 cm seinen ersten Punkt im Koordinatensystem ab.

Weiter geht's mit Luke 11. Der Blick schwenkt nach Süden. Das Areal des Flughafens Tempelhof liegt inmitten der Stadt und wirkt wie ein trockengelegter Gartenteich. Das hufeisenförmige Terminal und die anliegenden Hangar gehören auch heute noch zu den weltweit größten zusammenhängenden Bauten und sind sogar aus dem Weltraum mit bloßem Auge zu erkennen – sagt man. Ganz soweit ist Lars allerdings nicht entfernt. Exakt 7,2 km sind es bis zur Hungerharke, die im Gedenken an die Berliner Luftbrücke 1948 vor dem Flughafen errichtet wurde und in keinem Reiseführer fehlen darf.

Lars findet Gefallen an seiner Aufgabe – ist voll in seinem Element. Er schwenkt in die andere Richtung und entdeckt ohne Mühe den Teufelsberg aus Luke 2. Auf dem aus Trümmern des Zweiten Weltkriegs errichteten Berg befindet sich eine Radarstation, die von den alliierten Streitmächten im Zeichen des Kalten Krieges errichtet wurde. Heute dient das Gelände vor allem als Freizeitinsel für die städtische Bevölkerung. Und so sieht man im Winter doch tatsächlich den einen oder anderen Wagemutigen sich die 90 Höhenmeter auf Skiern herunterzustürzen. Die größte der drei wabenähnlichen Radarkugeln reflektiert den Sonnenschein in alle Himmelsrichtungen – benetzt wie eine Diskokugel ihre Umgebung mit pulsierenden Lichtblitzen. Lars muss sich konzentrieren – seine Netzhaut von der leuchtenden Energie schützen, die sich im gläsernen Objektiv seines Weitenmessers noch verstärkt. Erst der nächste Wolkenfetzen macht es möglich, die Distanz zu bestimmen. 9,4 km. Punkt.

Eine halbe Umdrehung weiter klebt Lars mit seiner Nase an Luke 17. Die Spandauer Vorstadt – ein historischer Flecken Berlins – beherbergt die Jüdische Synagoge, deren nähere Umgebung von schwer bewaffneten Staatsschützern streng bewacht und hermetisch abgeriegelt wird. Die Kuppel der Synagoge ist mit goldenen Streben und farbenfrohen Pigmenten versehen. Sie wirkt von hier oben wie ein Orakel, das die Zukunft prophezeien kann. Ihr Glanz strahlt auf die gräulichen Gebäude rundherum ab und lässt auch sie etwas freundlicher erscheinen. 1,7 km. Notiert.

Die positive Energie treibt Lars in Windeseile an den immer noch reklamierenden Südkoreanern vorbei zur Luke 21. Der Funkturm auf dem Messegelände wirkt gebrechlich und irgendwie nicht zeitgemäß. Nicht imposant genug. Zu groß um ihn zu vernachlässigen – zu klein, um als Kopie des Eiffelturms konkurrieren zu können. Was soll's. Interessiert jetzt nicht. Die Digitalanzeige des elektronischen Weitenmessers pendelt sich bei 7,8 km ein. Fixiert. Markiert.

Noch eine Luke. Nummer 13. Glückszahl. Jetzt muss es schnell gehen. Vollgas. Berliner Tempo. Licht aus. Spot an. Das gesuchte Ziel: Hotel Adlon. Selbst von hier oben ist zu erahnen, welcher Luxus sich hinter den sanierten Fassaden befindet. Welch unglaubliche Aussicht die Gäste der Präsidentensuite genießen, wenn sie unter sich das staunende Volk beobachten, das sich gegenseitig in unerdenklichen Posen vor dem Brandenburger Tor ablichten lässt. Das frühabendliche Licht- und Schattenspiel der Quadriga durchdringt die dreifach gesicherten Fensterscheiben der Hotelzimmer und schleicht sich aphrodisisch unter die Bettdecke der Superreichen. Legt sich wie ein gutes Make-up über die gepeelten Körper und macht aus einer Arbeitsbiene eine Königin. Konzentration. 3,2 km. Fertig.

Lars setzt sich behutsam auf die metallenen Sitzgelegenheiten. Der Sog des Turms ist auf dem durchsiebten Metall gut zu spüren. Ein sanfter Wind zieht an seinem Rücken empor und lässt die Nackenhaare zum Stehkragen erigieren. Bedächtig verbindet er die markierten Punkte mit einem Lineal. Einen nach dem anderen. In chronologischer Reihenfolge. Gewissenhaft. Erstaunt betrachtet er die geometrische Form, die auf seinem Papier entstanden ist. Eine wilde Anordnung von Punkten und Linien, die so unregelmäßig wirkt wie das Kardiogramm eines Herzrhythmusstörungs-Patienten. Keine Spur von Buchstaben oder Ziffern. Weder von oben noch von unten. Auch der seitliche Blick fördert keine neuen Ergebnisse zu Tage – die Lösung bleibt im Dunkeln verborgen. Hektisch überprüft er nochmals alle Luken – jeden Hinweis. Will, ja muss, ausschließen, dass ihm ein Fehler unterlaufen ist. Zu seiner Enttäuschung hat er alles richtig gemacht.

Hier oben kann ich nichts mehr tun, denkt sich Lars. Ein wehmütiger Blick. Dann der Gang zum Fahrstuhl.

Das Bedienungspersonal wurde zwischenzeitlich ausgetauscht – macht aber keinen großen Unterschied. Die Fahrt hinunter auf Meereshöhe kommt Lars elendig lang vor. Genügend Zeit, seine Ergebnisse zu fixieren und nach Lösungen zu suchen. Eine mathematische Formel – das könnte es sein. Die Punkte nach einem ausgeklügelten Algorithmus kreativ miteinander verbinden. Nicht mit dem Lineal, sondern mit dem Zirkel die Markierungen miteinander verbinden. Jeden zweiten Punkt auslassen. Mit einer 3-D Brille plastische Konturen entstehen lassen.

Die Tür öffnet sich. Keine Lösung in Sicht. Weitermachen. Verstand aus – Bauch ein. Nützt nichts. Bauch aus – Verstand wieder ein. Kurz abschalten. Luft machen. Luft anhalten. Tief durchatmen.

Die nach innen kippenden Spiegel wirken plötzlich nicht mehr so verstaubt. Die flauschigen Teppichböden härter als zuvor. Nur der Fischaugen-Spiegel verzerrt weiterhin die Welt. Lässt Lars Konturen unwirklich erscheinen. Macht aus einer Linie einen Kreis. Und umgekehrt. Und umgekehrt... Entwirrt seine Zeichnung und macht es glasklar. Die gebogene Spiegeloberfläche formt die scheinbar sinnlosen Linien und Punkte zu einem Ganzen. Zu einem Buchstaben. T.

Tierisch

Udo sitzt in der U2. Alexanderplatz – ZoologischerGarten. Das Kreischen der Gleise klingt zwar nicht wiedie Musik einer gleichnamigen irischen Musikkapelleaber irgendwie doch melodisch. Wie die Welt über ihmaussieht kann Udo jetzt nur erahnen. Hier unten zumindest verhält sich alles ruhig. Leute steigen ein. Leute steigen aus. Wechseln vom Tageslicht in die Sicherheitsuggerierende Neonbeleuchtung des Berliner U-Bahn-netzes. Wobei die Untergrundbahn auch das eine oderandere Mal wie ein Regenwurm aus dem Erdreich auftaucht. Zum Luft schnappen. Zum Balzen. Um sich dannwieder schüchtern in die endlos langen Tunnel zu verabschieden, die ihr Schutz gewähren. Immer Einbahnstraße. Nie links – nie rechts. Und nie im Kreis.Udos Sympathie für die gelben Züge ist ihm anzusehen.Sie inspirieren ihn. Laden zum Philosophieren ein:

Wieso fahren all diese Menschen jeden Morgen in die eineRichtung, um am Abend wieder in die andere Richtungzurückzukehren? Was für eine Verschwendung.Wieso lernen sich hier unten keine Menschen kennen,obwohl sie tagein tagaus immer in dieselben Gesichterschauen?Wieso sabbern Hunde den Boden der Waggons voll,obwohl sie das zu Hause nicht tun?Womit haben sich all die Menschen früher beschäftigt, alses noch keine Handys gab? Etwa noch mehr *BILD* gelesen?

Wieso lässt sich der Weltschmerz nicht einfach miteinem Wärmepflaster heilen?Wieso, weshalb, warum. Wer nicht fragt bleibt dumm.

U-Bahnhof Zoologischer Garten. Umsteigemöglichkeiten zu den Bussen, der S-Bahn und zum Fernverkehr, hallt es aus den Lautsprechern. Udo muss raus. Ist am Ziel seiner Etappe angekommen. Das Wetter hat sich in den wenigen Minuten seiner unterirdischen Fahrt nicht wesentlich verändert. Die frühsommerliche Wärme bringt den pechschwarzen Asphalt zum Flimmern – macht ihn geschmeidig wie einen Baby-Popo. Das gleißende Licht spiegelt sich in den blau getönten Sonnenbrillen dubioser Gestalten. Eine Wand von Fastfood-Gerüchen hat sich auf dem Bahnhofsvorplatz aufgebaut. Man droht in ihr zu versinken und mit jedem Atemzug die Kalorien kiloweise zu inhalieren. Setzt Fettpölsterchen an, die unansehnliche Wellen schlagen. Sinus. Cosinus. Überschuss. Kommt der Wind aus Westen, ist zusätzlich ein Hauch von Elefantengestank zu spüren, der aus dem nahe gelegenen Zoo herüberweht. Laut Udos Unterlagen muss er sich genau dort seiner nächsten Aufgabe stellen.

Vor dem Eingang herrscht dichtes Gedränge. Genervte Familienväter versuchen ihre Kleinfamilie zum ermäßigten Preis einer senilen Seniorengruppe einzuschleusen, was die Frau Mama trotz Ebbe im Portemonnaie irgendwie herabwürdigend empfindet. Pfadfindergruppen stehen so dicht zusammen, dass sie aus der Ferne nicht mehr als Individuen zu erkennen sind. Diese Masse vorpubertärer Energie wirkt wie ein Riesententakel, an dessen Extremitäten sich bunte Dreieckstücher verfangen haben. Udo reiht sich gelassen hinter dem Pulk ein. Vor ihm zappelt eine überdurchschnittlich gut proportionierte Brünette nervös umher. Minuten später ist sie an der Reihe. Verlangt ein Kombiticket für Zoo und Aquarium. Aus ihrer Handtasche kramt sie zunächst das übliche Survivalpackage (Lippenstift, Spiegel, Makeup), Tampons, Schlüsselbund und zu guter Letzt doch noch die prall gefüllte Brieftasche. Nach dem Warenaustausch spielt sich das Ganze in umgedrehter Reihenfolge nochmals hektisch ab. Wobei der Schlüssel sein Ziel verfehlt und vor Udos Füssen aufschlägt. Ganz Gentleman bückt er sich nach dem messingfarbenen Klimperkasten und staunt nicht schlecht. Der Schlüsselbund ist mit dem CreaTVity Logo geschmückt. Jetzt bloß nichts anmerken lassen. Nicht drauf reagieren. Schweigend reicht er ihr das Fundstück. Sie lächelt verlegen zurück. Mehr nicht. Kein Kommentar. Und ab.

Udo heftet sich an ihre schmalen Fersen. Beobachtet ihre kurzen Schritte, die nicht nur ihre Handtasche zum Hüpfen bringen. Mit Zettel und Stift bewaffnet macht sie sich unscheinbar – aber scheinbar nach einem bestimmten Muster – auf den Weg über das riesige Gelände.

O. K. Ruhig Blut. Fakten zusammen tragen. Ganz offensichtlich ist sie eine Konkurrentin. Aus einem anderen Team. Wie weiter? Ranhängen oder abhängen? Helfen oder helfen lassen? Erst mal vergleichen, ob sie tatsächlich dieselbe Aufgabe hat. Ob sie den selben Hinweisen

hinterher jagt. Er schaut zur Sicherheit nochmals auf sein Begleitschreiben und flüstert sich selbst die Aufgabe lautlos ins Innenohr:
»Lieber Udo.
Jetzt geht es tierisch zu und her. Der Berliner Zoo und seine »Insassen« liefern den nächsten Hinweis. Auf der beiliegenden Liste findest Du sechs Tierarten, deren Namen in lateinischer Sprache aufgeführt sind. Deine Aufgabe wird es sein, diese pelzigen, gefiederten, behaarten und gepanzerten Zeitgenossen auf dem Areal ausfindig zu machen. An jedem Gehege oder Käfig sind Tafeln angebracht, auf denen die deutsche Übersetzung der Namen angegeben ist. Diese gilt es zu notieren. Sobald alle Namen gefunden wurden, zähle die Anzahl der Vokale. Derjenige, der am häufigsten vorkommt, ist des Rätsels Lösung.
Viel Glück!«

Die Aufgabe ist klar. Kein Problem. Mühelos. Könnte man meinen. Aber woher soll ich wissen, wo sich die tierischen Artgenossen befinden, denkt sich Udo. Einfach drauf losgehen? Nein, das kann ewig dauern. Zunächst an der Konkurrentin dranbleiben. Beobachten, wie sie vorgeht. Immer zehn Schritte zurück. Stets in Deckung bleiben. Er kommt sich vor wie einer der legendären Drei Detektive, für die diese Aufgabe Peanuts wären. Die Gefahr von ihr bemerkt oder gar enttarnt zu werden ist gering. Zu groß ihre Nervosität – zu viele Menschen, die sich kreuzen und queren. Trotzdem fühlt er sich beobachtet. Sämtliche Zoobewohner scheinen es auf ihn abgesehen zu haben. Fixieren ihn mit glupschigen, glitschigen, tränenden Sehorganen, die sich hinter buschigen, sehnigen und zackigen Augenbrauen verbergen. Sie scheinen zu ahnen, was Udo vorhat. Wirken irgendwie menschlich. Schauen verachtend oder mitleidig, zornig oder lächelnd. Und manche einfach nur dumm aus der Wäsche.
Das erste Tier auf Udos Liste trägt den Namen *Papio hamadryas*. Tja, klingt ja spannend. Könnte irgendwas zwischen Papagei und Hammerhai sein. Könnte aber auch… Keine Ahnung. Reine Spekulation. Udo schaut mit einem Auge auf den Lageplan des Zoos. Auf der rund 35 ha großen Fläche tummeln sich ca. 14'000 Tiere in 1'500 Arten. So kann das nicht funktionieren. Ohne System das Gelände zu durchforsten würde mehrere Tage dauern. In der Sekunde der Erkenntnis bereut Udo nicht doch

Biologie studiert zu haben. Dann hätte er einen Anhaltspunkt. Würde verstehen, was die lateinischen Namen zu bedeuten haben. So aber bleibt er lieber in der Nähe seiner Gegenspielerin, deren übertriebene Chanel-Duftnote sich in Kombination mit den tierischen Ausdünstungen zu einer explosiven Mischung zu verbinden droht. Nicht auszudenken, wenn sich der Zoo in einem animalischen Himmelfahrtskommando in ferne Galaxien verabschieden und eine nachbiblische, intergalaktische Fortsetzung der Arche Noah abgeben würde.

Und Udo als Kapitän der Fähre die Geschicke zukünftiger Mensch- und Tiergenerationen zu führen hätte. Der Gedanke bringt ihn zum Schmunzeln. Er beschließt seine Deckung aufzugeben – seine Taktik zu ändern. Mit ein paar langen Schritten schließt er die Lücke zu ihr und spricht sie an. Das Übliche. Smalltalk. Subversives Anbaggern. In Gedanken schon die Bettdecken zerwühlend und den gemeinsamen Kindern Namen gebend. So – wieder volle Konzentration. Schon nach wenigen Minuten offenbart sie ihm, was ihre Aufgabe ist. Zeigt ihm die Liste der Tierarten. Scheint exakt dieselbe zu sein. Udo bietet ihr seine Mithilfe an. Ganz uneigennützig – versteht sich ja von selbst. Patricia, so heißt sie, macht sich auf die Suche nach den ersten drei Artgenossen, während Udo sich der anderen Hälfte widmet. Handynummern ausgetauscht und tschüß.

Während sich Patricia zielstrebig in Richtung Nachttierhaus aufmacht, kennt Udo nur einen Weg. Zum Zoo-Shop. Dieser befindet sich am anderen Ende des Geländes – eingebettet zwischen Spree und Großem Tiergarten. Glücklicherweise führt sein Marsch ihn auch an der Waldschänke vorbei, wo Kaltgetränke für einen reißenden Absatz sorgen. Und die Polarbären schauen wehmütig zum Eisverkäufer herüber – würden liebend gerne die Kühlbox räumen um ein Kältebad zu nehmen.

Das Geschäft führt allerlei Nützliches und noch viel mehr Unnützes. Von bunt bestickten Baseballcaps mit stufenlos verstellbarem Gesichtsventilator bis zur siebbedruckten Kaffeetasse mit Pandamotiv ist hier alles zu bekommen. Udo interessiert allerdings nur eines: Tierlexika und sonstige literarisch-animalische Druckwerke. Schnell wird er fündig. Der dicke Schinken wirkt etwas angestaubt – was soll's, alles Banane. Nur der Inhalt zählt. Und siehe da. Im Buchdeckel verbirgt sich ein umfangreicher Index. Deutsch – lateinisch. Und umgekehrt. Der Reihenfolge seiner Liste folgend, arbeitet Udo Punkt für Punkt, Name für Name ab.

Papio hamadryas = Mantelpavian
Hystrix cristata = Gewöhnliches Stachelschwein
Setonyx = Kurzschwanzkänguru
Pteropus giganteus = Riesenflughund
Mustela Lutreolina = Indonesisches Bergwiesel
Talpa berlinae aquarium = Hmm?

Noch mal kontrollieren. *Talpa berlinae aquarium.* Nichts zu finden. Vielleicht nur Talpa? Ja genau, da ist der Eintrag. Talpa ist die lateinische Bezeichnung für Maulwurf. Aber was hat der Zusatz *berlinae aquarium* zu bedeuten? Udo bezweifelt, dass es diese Tierart tatsächlich gibt. Den Maulwurf schon – das ist klar. Aber der Zusatz macht keinen Sinn. Er versucht sich einen Reim auf das Rätsel zu machen. Der »Berliner Wasser-Maulwurf«? Nein, das kann nicht sein. Der »Maulwurf im Berliner Aquarium«. Aha – na klar. Ein versteckter Hinweis. Udo schaut noch mal auf den Lageplan des Zoos. Keine Spur von Maulwurf. Vielleicht im Nachttierhaus. Hmmm. Oder eben doch im Aquarium, das direkt an den Zoo angrenzt und vom Gelände her zugänglich ist. Das dürfte nicht so schwierig herauszufinden sein. Hier gibt es ja genügend Infos. Den Aquarium-Führer geschnappt und schnell recherchiert. *Talpa europae.* Der europäische Maulwurf. In der zweiten Etage.

Das Aquarium liegt nur wenige hundert Meter von Udos Standort entfernt. Keine Schlange vor dem Eingang. Die befinden sich in gut temperierten Terrarien im Inneren. Das ehrwürdige Gebäude wirkt sympathisch und seine Kühle erfrischend. Die granitfarbenen Treppen scheinen wie abgeschmirgelt. Millionen trampelnder, schlurfender, spitzhackiger und gummierter Fußabdrücke haben die einst raue Oberfläche geglättet. Ihr den Glanz feiner Kristallsplitter geraubt. Für das begehbare Krokodilgehege, die Reptilien, Amphibien, Insekten, Wirbellosen – für all das Kreuchende und Fleuchende bleibt keine Zeit.

Die Luft im zweiten Stockwerk ist stickig – lässt Udos Atem flacher werden und den Puls höher schlagen. Er fühlt sich wie ein Wechselblüter im Wechselbad der Gefühle. Gefühlte Temperatur: vier Grad über Fieber. Turbo angeschmissen. Nachbrenner zum Durchstarten bereit. Schnell die Runde machen. Für mehr als einen kurzen Blick durch die beschlagenen Panzerscheiben bleibt keine Zeit. Taranteln, Frösche, Schmetterlinge und Unidentifizierbares reihen sich dicht an dicht. Schlangen, Lurche,

Ameisen und Blattläuse ergänzen sich zu einer optimalen Nahrungskette, an deren Ende eine aufwendig verarbeitete Handtasche steht. Eidechsen, Heuschrecken, Mistkäfer und Riesenmaden wären das ideale Übungsgelände für die letzten Abenteurer unserer Zeit, deren Speerspitze mit Daniel Kübelböck und Desirée Nick repräsentativ besetzt ist.

Mist. Zwischen all dem Getier noch keinen Hinweis entdeckt. In einer dunklen Ecke des achteckig geformten Raums zuckt das nervöse Licht einer defekten Neonlampe. Udos Augen beginnen optisch zu hyperventilieren – seine Lider gehen den Beat voll mit. Vorsichtig schleicht er sich an die Reizquelle, deren Intensität sein synaptisches Gehirnschmalz mächtig durcheinander wirbelt. Die Vitrine scheint leer zu sein. Zumindest während der Dunkelphasen. Die Lichtblitze lassen nur für kurze Augenblicke so etwas wie winzige Pfoten im Erdreich aufzucken, die wie kleine Schaufeln aussehen. O. K. – das muss er sein. Der Maulwurf. Die Hinweistafel bestätigt seinen Verdacht. Sie ist mit einem Aufkleber von CreaTVity verdeckt. Ratsch. Und weg. *Talpa europae*. Der europäische Maulwurf. Also doch. Schnell die Liste mit den restlichen Tieren hervorgeholt und angefangen zu zählen:

Zwei Mal O
Sechs Mal A
Acht Mal I
Acht Mal U
Und vierzehn Mal E.

E. Das isses

Das Handy gezückt und wie ein Revolverheld im rekordverdächtigen Tempo in die Tasten gehauen. Eine lässige SMS an die Mitstreiter, eine stolzerfüllte SMS an CreaTVity und eine heuchlerische an Patricia:
»Liebe Patricia. Leider habe ich keinen einzigen Hinweis aufgedeckt. Viel Glück noch.«

Die Antwort kommt prompt:
»Lieber Udo. Kein Problem. Habe die Lösung schon längst. Trotzdem Danke. LG, Patricia.«

Ooops.

Lichter der Stadt

Die frühsommerliche Wärme bietet ihre letzten Reserven auf. Hüllt die Stadt in glühende Watte. Wolkenfetzen krümmen sich um ihre eigene Achse – reißen auseinander, um sich neu zu verbinden. Werden von Sonnenstrahlen durchflutet und setzen Berlin einen bauschigen Deckel auf. Streuen den Einwohnern Sand in die Augen, um gute Nacht zu sagen. Sie ins Bett zu geleiten und ihnen süße Träume einzuhauchen.

Die Geräuschkulisse wirkt sanft. Motorensurren wird in die Kanalisation abgesaugt, wo es die Abwässer wie ein Soda Club-Gerät zum Sprudeln bringt. Graffitis verschwimmen im faden Abendlicht. Die Stadt wirkt sauber – clean. Oberirdisch, unterirdisch, alles außer irdisch versammelt sich um die Nachtschicht einzuläuten. Den Beats in den Kellern freien Lauf zu lassen, die Sektkorken kometengleich in den schwarzen Himmel zu verabschieden, um aus ihrem Schweif die Goldtaler aufzufangen.

Theater- und Opernbesucher zelebrieren ihren Gang aus oder in die Kulturtempel der Stadt. Bewegen sich korrekt, mit Haltung. Rücken durchgestreckt, mit leuchtenden Augen, wortgewandt und höflich. Die Szene versammelt sich allmählich. Mixt die ersten Vitaminbomben, um die Nacht zum Tag zu machen – den Körper zu überlisten und den Geist folgen zu lassen. Um sich wie ein geköpftes Huhn von Instinkten getrieben weiter zu bewegen – ohne Start und Ziel aber mit viel Adrenalin. Verdauungsschwierigkeiten im Gehirn. Die Lichter der Stadt spielen eine Symphonie. Kaum wahrnehmbar. Flüsternd tänzeln sie von einem Fenster zum anderen. Kehren wieder oder verstummen in der Nacht. Bringen die Stadt mit ihren Dreiklängen in Einklang – überstimmen Grenzen, die es schon längst nicht mehr geben sollte.

Unsere Helden wirken nicht gerade heldenhaft. Sie haben viel Energie an die Megacity abgeben müssen, die diese jetzt ungefiltert in die Dunkelheit schleudert. Die Nacht mit Lichtbögen erhellt und mit knisternden Geräuschen belebt. Lars, Udo und Malte sind mittlerweile in ihrem Appartement eingetroffen. Erschöpft aber glücklich – zufrieden mit dem

Geleisteten. Fünf Buchstaben haben sie entdeckt – das Tagesziel vollständig erfüllt. E, H, T, S, O. Noch zu wenige Indizien, um das Rätsel jetzt schon lüften zu können. Zu viele Hinweise, um es nicht dennoch zu probieren. Sie im Geiste rotieren zu lassen, immer wieder neu zu kombinieren, zu verwerfen und von vorne zu beginnen.

Die Tiefkühlpizza sendet ihre ersten Duftboten aus und bringt die hungrigen Mägen zum Rumoren. Das Wasser läuft ihnen im Mund zusammen und verfängt sich an den metallenen Verschlüssen der gut gekühlten Bierdosen, die aufeinander gestapelt, bald die Höhe des schiefen Turms von Pisa ergeben. Halluzinationen finden Asyl in ihrer Wahrnehmung. Eine tonnenschwere Last zieht die Augenlider erbarmungslos in die Untiefen der Müdigkeit. Das Blickfeld verengt sich und verschwimmt hinter Milchglas. Sie reden nicht viel miteinander – hören lieber in sich hinein, ob nicht bald was heraus kommt. Aus einem Partykeller gegenüber dringt deutscher Retro-Rock. Mit viel Gitarre und wenig Stimme. Hart und sanft zugleich. Verzerrt und trotzdem glasklar. Genau wie Berlin.

Maltes Handy vibriert und gibt eine Sequenz nervtötender Piepstöne von sich. Eine SMS. Um diese Zeit? Nummer unbekannt! Text lautet:
»Hallo Malte. In 30 min im Eastside. Habe einen Hinweis für dich. Gruß.«

Mysteriös, denkt sich Malte und zieht sich an, ohne lange zu überlegen, während Lars und Udo sich leidenschaftlich dem aluminisierten Biergeschmack hingeben. Tür zu und ab in die Nacht.

Smell the flowers while you can

Unsere Augen treffen sich im panisch schnell getakteten Stroboskopgewitter des Eastside. Es ist einer dieser Clubs, die gestern noch nicht waren, heute sind und morgen weg sein werden. Davon gibt es einige hier in der Kleinen Rosenthaler Straße an der Bezirksgrenze zwischen Prenzlauer Berg und Mitte. Graue Bunkerwände absorbieren jeden Lichtblitz und leiten das Photonenfeuer in die Berliner Unterwelt. Bassig brummende Sounds und rasende Beats multiplizieren das alkoholisierte Vakuum in meinem Schädel.

Ich brauche Luft. Brauche Platz, um mich von der Enge des Raums zu befreien. Auf der monumentalen Treppe zum Ausgang schlagen meine schweren Beine wie Presslufthämmer in die steinerne Unterlage. Mit jedem Schritt verstärken sich das quälende Geräusch unter meiner Schädeldecke und das rotierende Gefühl in meiner Magengrube. Bin mir nicht mehr sicher, ob ich bereits einen Eintrittsstempel auf einem der diversen Körperteile trage. Drehe mich auf dem Absatz nochmals um, und lasse mich vorsichtshalber mit dem fluoreszierenden Muster auf meinem linken Handrücken brandmarken. Die massive Stahltür wird mir mitleidig von einem überdimensionierten Anabolika-Bodybuilder geöffnet.

Die angenehme Kühle der Berliner Nacht spült meine vernebelten Sinne im Schongang wieder frei. Ich schließe kurz meine Augen, atme Sauerstoff ein und eine lange Palette schädlicher Substanzen aus. Brauche einige Sekunden um zu bemerken, dass sie neben mir steht. Ihre blauen Augen strahlen selbst in der dunkelsten Nacht und reflektieren zärtlich den faden Neonschein des real existierenden Sozialismus. Sie lächelt mich an – ich lächle zurück. Habe das Gefühl, meine Mimik nicht unter Kontrolle zu haben und spüre, wie meine Wangen übermäßig stark durchblutet werden und die Hitze einer Lagerfeuerglut kurzfristig übertrumpfen.

Sie ist nicht allein. Schemenhaft bewegen sich schattige Gestalten um sie herum. Ihre Stimmen schallen badisch gedämpft und fließen zäh wie der Bodensee. Sie spricht nicht – sie singt. Jedes einzelne Härchen meines

Trommelfells fängt freudig an zu tanzen. Würde mich gerne näher an sie herantasten – befürchte aber, schwankend in ihre Arme zu stolpern. Versuche, mich zu konzentrieren, mein T-Shirt zurechtzuzupfen und unauffällig die angeschlagene Tanzfrisur in ein erträgliches Maß an Ansehnlichkeit zu modellieren. Spüre in der linken Innentasche meiner Jeansjacke ein Päckchen Kaugummis unbestimmten Alters und mit an Sicherheit grenzender Wahrscheinlichkeit längst abgelaufenem Haltbarkeitsdatum. Aber was soll's?! Ohne guten Atem wäre schon der Hauch eines Annäherungsversuchs zum Scheitern verurteilt. Drehe mich schüchtern zur Seite, um den krümeligen Kautschukklumpen mehr oder weniger zielgenau in den Mund zu führen. Drehe mich mit einer unsicheren Bewegung wieder zurück. Sie ist weg – kann sie nirgendwo mehr sehen. Die Nacht hat sie verschluckt. Höre nur noch das Schlagen einer Autotür. Das muss sie sein – wer sonst sollte es sein. Ich schöpfe Hoffnung – darf sie nicht schon verlieren, bevor wir uns gefunden haben. Ich renne so gut und schnell es geht über das staubige Pflaster des hochgeklappten Bürgersteigs. KN – ich habe es deutlich gesehen. KN.

Meine Gedanken kreisen euphorisch um diese beiden Buchstaben des Autokennzeichens. KN – mein Gott. Krame meine rudimentären Geographiekenntnisse aus dem linken Hirnlappen und übergebe sie dem Hypothalamus. Konstanz – das wird es sein. Konstanz am Bodensee. Muss mich erst mal setzen – Fassung finden. Vorbeistreunende Hunde würde ich am liebsten küssen. Herausschreien will ich es in die Häuserschluchten dieser vibrierenden Stadt. Glück.

Komme allmählich wieder zu mir. Weiß nicht, wie lange ich wie hypnotisiert einem Gänseblümchen im wehenden Sog der Straße zugeschaut habe. Smell the flowers while you can…

Ich beschließe den geordneten Rückzug an- und in den Club wieder einzutreten. Nach dem Hochgefühl der letzten Eindrücke macht sich ein sentimentales Gefühl in meinem Körper breit. Hier in der unnatürlichen Wärme der aneinander reibenden Leiber, wehren sich meine berauschten Sinne standhaft wieder klar zu sehen. Nehme meine Umgebung nur noch verschwommen wahr, reagiere nur noch instinktiv. Der gigantische Schalldruck der Boxen scheint vor meinen Ohren halt zu machen. Er löst nichts aus – auch keinen Schmerz. Akustische Emotionen prallen an mir ab.

An der stahlpolierten und glasbeschichteten Bar lasse ich mich auf einen kunstledernen Hocker fallen und bestelle ein Bier. Nehme gedankenversunken einige Eiswürfel in die rechte Hand und lasse sie langsam in das Berliner Pils gleiten. Ich schaue tief ins Glas und erkenne mein verzerrtes Spiegelbild im dickwandigen Boden. Meine Finger kreisen lustlos über den Rand des Glases und produzieren Töne. Kann sie nicht hören. Nur spüren. Sie lösen ein kaltes Kribbeln aus, dass die unerträgliche Hitze des Clubs sanft herunterkühlt. Fühle die Stunden an mir vorbeirauschen – vielleicht sind es ja auch nur Minuten. Habe das Gefühl für Raum und Zeit fast völlig verloren und komme mir vor wie ein unsanft getretener Spielball zwischen psychedelischen Soundfragmenten und schweißgetränkter Erotik. Ich kenne niemanden hier. Fühle mich trotzdem nicht allein. Fülle mich dennoch ab. Meine Körperspannung lässt merklich nach – der tonnenschwere Kopf schwankt wie eine rote Boje bei Windstärke 9 im offenen Meer. Meine Arme gehören und gehorchen mir nicht mehr – flattern wie seidene Fahnen im Ostwind. Mehr geht nicht – der nächste Schritt wäre das WC. Wo sich das befindet, kann ich aber höchstens erahnen. Die Augenlider vermögen der Versuchung kaum zu widerstehen, das Zeitliche zu segnen. Einfach fallen lassen, dicht machen, liegen bleiben und nie wieder aufstehen. Das wär's. Aber irgendetwas in mir sagt: keep moving like a rolling stone and stay tuned. Denke an die mysteriöse SMS zurück. In diesem Moment spüre ich einen sanften Druck auf meinem Rücken. Meine Pupillen weiten sich schlagartig und versuchen, einen Punkt an der Bar zu fixieren. Der Fixpunkt heißt Johnnie Walker und ist heute Abend mein bester Freund. Erkenne plötzlich pechschwarze Haare an meinem Profil vorbeiwehen und schaue in die schönsten Augen, die ich je gesehen habe. Es sind ihre Augen. KN. Bodensee. Konstanz. Gänseblümchen. Sie ist es. Mit zittriger Stimme frage ich sie, ob sie mir die Message geschrieben hat. Sie nickt. Wir sehen uns an und versinken in einem Strudel der Leidenschaft. Sie nimmt zärtlich meine Hand, tastet jede Pore meiner schmalen Finger ab. Unsere Nasenspitzen berühren sich und lösen einen kaum sichtbaren Blitzschlag aus. Ich schließe die Augen. Wir küssen uns.

Wir reden nicht viel – bestellen lieber noch einen Drink. Bin zu schwach, um das riesige Sortiment an Cocktails mental verarbeiten zu können. Überlasse ihr die Wahl. Elegant, sanft wandert sie mit ihren Fingern über die raue Oberfläche der Getränkekarte. Scheint sie glätten zu wollen – in Zuckerwatte zu verwandeln. Sie stoppt im unteren Drittel. Schaut mich kurz an. Beim Zurückschauen bleibe ich für eine Millisekunde in ihrem Ausschnitt hängen und fixiere erst dann die Karte. Der Cocktail heißt *catch the grabber.* Wahnsinn. Versuche, mich zu sammeln, was angesichts meines Tornados im Kopf nicht ganz einfach ist. Muss mich konzentrieren – das eine Mal noch. Noch ein letztes Mal. Nicke ihr zu. Wenige Minuten später bringt der klarlackierte Barkeeper die Cocktails. In der grünlich-bläulich schimmernden Flüssigkeit schwimmt ein kleiner Plastikmaulwurf. Sein Rücken ist mit dem Schriftzug ctg bedruckt. Der bezuckerte Glasrand mit einem künstlerisch geschnitzten Fruchtstückchen dekoriert. Ich nehme es in die Hand, und dann wird es mir klar. Die Frucht hat die Form eines Buchstabens. Ja genau. Drehe es, wende es. Es ist ein U. Ja genau.

Drehe es, wende es. Und esse es, bevor ich mich sprachlich in Teletubbysphären und physisch in eine Parallelwelt verabschiede. U

Glücksrad

Der Morgen danach ist immer der Schlimmste. Nach dem üblichen Eingeständnis, nie wieder Alkohol zu trinken, versuche ich mein apokalyptisches Hirnsausen zu beruhigen. Ohne Erfolg. Durch die staubigen Fenster dringen grelle Sonnenstrahlen in unser Appartement. Ich kneife die Augen zusammen, schwanke und öffne sie wieder, um nicht restalkoholisiert zu Boden zu gehen. Unter meiner Schädeldecke hat sich eine Nebelmaschine eingenistet, die mit Volldampf für trübe Innen- und Außenansichten sorgt. Mein Magen dreht sich zentrifugal mit mindestens vier G. Meine Beine sind so stabil, wie Zuckerstangen überm Lagerfeuer. Tutti quanti: ich fühle mich desolat. Meine Mitgefährten liefern nicht unbedingt ein besseres Bild ab. Ihre Gesichter wirken zerknittert und stehen der Frisur in nichts nach. Trockene Hautfalten ziehen sich wie entwässerte Canyons furchenhaft durch ihre Gesichter. Da ist vermutlich auch die beste Anti-Aging-Creme machtlos. Unsere Köpfe sind unbewohnt. So leer wie ein Singlehaushalts-Kühlschrank. Mehr Lücken als Inhalt. Eiskalt.

Versuche mich zu erinnern. An sie. Alles, was ich zusammen bekomme, sind ihre schwarzen Haare, von denen ein paar besonders lange Exemplare an meinem T-Shirt hängen. Habe wohl in meinen Klamotten geschlafen. Darauf deutet zumindest mein geruchstechnischer Zustand hin. Denke einen Moment lang darüber nach, ob sie hier bei mir geschlafen hat. Scheint aber auch nicht logisch, sonst hätte ich hoffentlich weniger an. Frage mich, wie spät es wohl ist. Meine Uhr scheint rückwärts zu gehen, ab und zu stehen zu bleiben, um dann in einer Art Endspurt wieder Zeit gut zu machen. Da verlasse ich mich lieber auf die digitale Anzeige meines Handys. 07:54. Sooo früh. Schaue nochmals drauf, aber es wird nicht besser. Dafür erkenne ich aber, dass eine neue SMS eingetrudelt ist. Es ist ihre Nummer:

»Just to remember. »U«. Kiss.«

Schlagartig lichtet sich der Schleier in meinem Kopf. Wird mein Gehirn mit Erinnerungen geflutet. Baut sich das Puzzle zusammen. Fühle mich aufgetankt. Fahre schon wieder knapp über Reserve. Die innere Sand-uhr ist wieder richtig getaktet. Ich löse zwei Aspirin in löslichem Kaf-fee auf. Mein Magen überlegt kurz, ob er rebellieren möchte, lässt es zum Glück aber sein. Meine Mitstreiter tun es mir gleich – mit mehr oder weniger Erfolg. Am Frühstückstisch versuchen wir uns ein Bild über die bevorstehenden Aufgaben zu machen. Mit Prio 1 stünden ab-waschen und aufräumen auf der Tagesordnung. Aber dafür haben wir weder Zeit noch Nerven. Zögerlich berichte ich von meinen nächtlichen Erlebnissen – dem Erfolg, noch ein zusätzliches Rätsel gelöst zu haben. Sie reagieren zurückhaltend – scheinen Zweifel an meiner Geschichte beziehungsweise an der Echtheit des Hinweises zu haben. Darüber hatte ich mir bislang keine Gedanken gemacht. Wieso sollte sie mich auf eine falsche Fährte locken – wieso in die Irre führen?

Ich beschließe an das Gute im Menschen zu glauben und damit die Diskussion zu beenden.

Wir surfen noch einmal genüsslich mit unseren salzigen Lippen über den Scheitelpunkt der lauwarmen Kaffeetassen. Sanfter Wellengang. Schlürfen vorsichtig die braune Flüssigkeit durch unsere Speiseröhre, wo sie den einen oder anderen Frosch im Hals erst zum Quaken bringt. Und dann zum Verstummen. Spätestens die scharfkantigen Brotkanten bringen sie zur Ruhe und trennen ihre Schenkel gourmetfreundlich ab. Abgerundet wird das kulinarische Schlachtfeld mit einem staubtrockenen Keks, der seinen Weg in den übersäuerten Magen findet und sich dort in seine krümeligen Einzelteile entmaterialisiert.

Als Morgenlektüre schnappen wir unsere Stadtpläne. Die erste Aufgabe des Tages dürfen wir gemeinsam bewältigen. Das Ziel heißt Adlershof. Die Adler haben sich schon längst von diesem ehemaligen Industrie-standort verabschiedet. Mittlerweile erstrahlt hier im äußersten Osten der Stadt ein bedeutender Medienstandort. Was uns dort erwartet, ist noch nicht klar. Nur so viel: Treffpunkt um 09:30 Uhr vor dem Sat1 Studio A. Powered by emotion und by noch mehr Kaffee machen wir uns auf den Weg in die Regenbogenwelt des Privatfernsehens.

So allmählich kennen wir den Weg zum S-Bahnhof Alexanderplatz. Nutzen den einen oder anderen Schleichweg. Der uns das eine oder andere Mal in eine Sackgasse und eben doch nicht direkt zum Ziel führt, da quasi über Nacht eine neue Baustelle aus unerfindlichen Gründen installiert

74

wurde, um den Weg für eine unbestimmte Zeit zu versperren. Trotz Umwegen, Hindernissen und noch immer taumelndem Gang erreichen wir den Verkehrsknotenpunkt relativ zügig – warten auf zugigen Bahnsteigen auf den Zug, der mit lauter Zugereisten zugestopft ist. Der Zugabfertiger hat alles im Griff – wenn keiner hinschaut auch seinen Schritt. Wir fragen uns, wie man zu so einer sonoren Stimme kommen kann, die selbst gusseiserne Gullys erfolgreich zum Abheben bringt. Vor allem aber die Restmüdigkeit per Schalldruck aus unseren Körpern massiert. Udo scheint den Übergang vom Schlaf- zum Wachzustand allerdings noch nicht endgültig geschafft zu haben. Schon am S-Bahnhof Jannowitzbrücke formt der Abdruck seiner linken Wange ein lustiges Muster an die beschlagene Fensterscheibe. Und umgekehrt auch. Eine pubertierende Stechmücke hat sich unglücklicherweise zwischen die beiden Materien verirrt und gibt ein blutiges Biopiercing ab. In gut 100'000 Jahren könnten wir ein schillerndes Bernstein-Kunstwerk bestaunen.

Draußen hat der Morgentau keine Chance und verflüchtigt sich in einem feinen Nebel in den staubigen Ritzen der Bahntrasse. Sucht Unterschlupf. Findet aber keinen. Verbindet sich zu gold schimmernden Tropfen, zu einem kleinen Rinnsal, das traurig im Randstein verschwindet. Die Straßen sind indessen mit Blechlawinen geflutet. Bringen den bröckelnden Asphalt zum Beben und die Fensterrahmen der gegenüberliegenden Wohnanlagen zum Bersten. Keine Chance zum Atmen – armer Peter Lustig und sein Löwenzahn. Die Stadt leidet unter Verstopfung – das Abführmittel für schwere Fälle ist ausgegangen.

Die schmalen Klappfenster der modernen S-Bahn-Wagen lassen nur wenig frische Luft hinein und keine verbrauchte hinaus. Photosynthese sieht anders aus. Auf einem nahe gelegenen Güterbahnhof schieben sich wie von Geisterhand gesteuerte Kompositionen über das Schienenwirrwarr. Ihre rostigen Radreifen produzieren hochfrequente Töne, die es eigentlich nicht geben dürfte. Immerhin halten sie. An der Warschauer Straße sieht es schlimmer aus als bei unseren polnischen Nachbarn. Aber hinter all den maroden Fassaden, den rostigen Fenstergittern haben sich während der Berliner Boomzeit zahlreiche Multimedia Startups eingenistet. Wenig Miete für gar keine Infrastruktur. Aber viel Herz und Spirit. Doch kaum jemand ist wirklich flügge geworden – Höhenflüge Fehlanzeige. Die meisten mussten das frisch gemachte Nest frühzeitig wieder verlassen. Der eine oder andere harte Absturz war auch dabei. Aasgeier übernehmen den Rest.

Die nächsten Stationen ziehen in einem grauen Schleier an uns vorbei. Wir sind nicht mehr erschrocken über den Mix aus spätsozialistischen Plattenbauten, moderner Prunkarchitektur und brach liegendem Bauland. Haben uns an die eigenwillige Kulisse Berlins gewöhnt, die mehr was für Bauch- als für Kopfgefühle ist. Apropos Bauch. Mein Magen hat durch das rhythmische Schaukeln der S-Bahn seine Wohlfühl-Frequenz gefunden und mir versprochen, sich den ganzen Tag über ruhig zu verhalten. Ich danke es ihm mit einem zwerchfelligen Seufzer, der ein sanftes Luftablassen zur Folge hat und hoffentlich unbemerkt bleibt. Wäre aber auch nicht so tragisch, wenn es nicht so sein sollte. Zwei Minuten nach diesem Giftgasalarm erreichen wir den Bahnhof Adlershof. In der Unterführung vereinen sich die Abgase der nahen Schnellstraße mit den molekularen Ausdünstungen diverser Döner- und Currywurstbuden. Wir wissen nicht genau was schlimmer ist, und begeben uns schnellen Schrittes zum SAT1 Gelände.

Obwohl erst früher Vormittag ist, kommt uns dort Vera am Mittag entgegen. Wir tun so als ob wir sie nicht erkennen. Ignorieren sie. Sie tut es nicht. Scheint direkt auf uns zusteuern zu wollen, um uns in ihre weichen Arme zu schließen. Mit einem warmen Händedruck begrüßt sie uns im Namen von SAT1. Sie kennt sogar unsere Namen – ist bestens informiert. Wir gucken uns an und ahnen, was jetzt kommt: ein Gastauftritt bei Veras Talkshow. Oh my god.

In der Garderobe werden wir mit eisgekühltem Champagner bei Laune gehalten. Vor der Garderobe werden die Zuschauer mit billigem Fusel in Fahrt gebracht, um auch ihre Zungen etwas lockerer werden zu lassen. Bis auf Vera und einige Kameramänner scheinen alle beschwipst zu sein. Anders lässt sich dieses Business wohl auch nicht ertragen. Unsere Stylistin stutzt unsere unrasierten Gesichter auf ein fernsehtaugliches Niveau und nimmt unserer Haut mit Unmengen von Make-up die Chance, frei zu atmen. Eine schlechte Kopie von Udo Walz betont unsere Frisuren mit Gel und Haarspray für die Ewigkeit. Im Studio selbst herrscht eine knisternde Atmosphäre. Scheinwerfer leuchten jeden noch so engen Winkel aus, kabeltragende Praktikanten fühlen sich schon fast in Hollywood angekommen und der Einpeitscher unterhält die zweitklassigen Zuschauer mit drittklassigen Witzen. Wir werden auf die frühlingsfarbene Couch begleitet. Aus unseren Augenwinkeln erhaschen wir einen Blick in den Regieraum, der nur durch eine schalldichte Scheibe abgetrennt ist. Auf der Monitorfarm sind unsere Köpfe zu sehen. Mal in der Totale – mal clerasilabsatzfördernd angezoomt.

Das Rotlicht von Kamera 1 geht an. Wir sind on air. Und wissen noch immer nicht um was es geht. Vera schwebt wie eine übergewichtige gute Fee die Showtreppe hinab. Begrüßt enthusiastisch das Publikum, bevor sie jedem einzelnen von uns die Hand gibt. Sehr familiär – sehr freundlich. Und dann das Thema: »Echte Freunde – gibt's das noch?« Ich bin beruhigt, nicht über Fremdgehen, Missbrauch oder Drogenexzesse berichten und streiten zu müssen. Schnell entwickelt sich ein banales Gespräch. Wir spielen mit – fauchen uns an und sind dann wieder ganz lieb. Argumentieren mit schnauzbärtigen Sonderschülern aus Berlin-Kreuzberg und reagieren auf die Anweisungen der attraktiven Produktionsassistentin. Auch Vera scheint zufrieden zu sein und beendet nach einer Stunde die intellektuelle Radikaldiät mit einem Hinweis auf die nächste Belanglosigkeit.

Mit kaviarüberladenen Brötchen (die in Berlin Schrippen heißen) und sonstigen Jet-Set-Häppchen beenden wir das Abenteuer Vera. Unserer eigentlichen Aufgabe sind wir leider noch kein Stück näher gekommen. Ganz im Gegenteil: eine Stunde lang haben wir unsere unwichtigen Botschaften über den Äther geschickt, staubige Fernsehapparate mit unserem Geschwafel genervt und gelangweilte Hausfrauen ein wenig unterhalten. Sie von ihren Alltagssorgen temporär befreit und sie passiv an der schleichenden Volksverdummung teilhaben lassen. Watch more TV!

Nachdem das Buffet um die lukrativsten Stücke erleichtert wurde, betritt ein grau melierter Bankertyp den Raum. Udo nimmt mich zur Seite und verrät mir, wer der Sunnyboy ist: Frederic Meissner. Der Godfather des Glücksrads, das seit der Fernsehsteinzeit für Spiel, Spaß und Spannung in den Flimmerkisten dieser Welt sorgt. Er begrüßt uns noch herzlicher und wärmer als Vera, was ja eigentlich fast nicht möglich ist. Unsere Champagnerlaune verzeiht auch dieses familiäre Getue und so folgen wir ihm relaxed ins Nachbarstudio. Hier ist es etwas beschaulicher als in Veras Kampfarena. Die Zuschauerbestuhlung scheint etwas weicher und rückenfreundlicher zu sein, was der Zielgruppe entgegen kommen dürfte. Die Luft erinnert mich an eine Mischung aus Perlzwiebeln und Jakobs Krönung. Ich schaue in Hamburg-Mannheimer-Gesichter – einfach ein paar Jahre älter als Herr Kaiser. Mehr vom Leben! Die Beleuchtung ist besonders bunt und gleicht die Tristesse der Senioren-Kleidung ein wenig aus. Zu gerne würden auch wir Platz nehmen – entspannt zurücklehnen, um zu verfolgen, wie Konsonanten gewonnen und Vokale gekauft werden. Aber das ist reine Wunschvorstellung.

Um Punkt 12:00 Uhr beginnt die Aufzeichnung. Live on tape. Wir stehen überschminkt am Glücksrad und warten auf die Anweisungen des freundlichen Herrn neben uns. Gesucht wird der Vokal, der sich im Kreuz eines vertikalen und eines horizontalen Rätsels befindet. Dieser Vokal soll uns auf der Suche nach dem Maulwurf ein gutes Stück weiterbringen. Freundlicherweise sind schon einige Buchstaben vorgegeben. Die Kategorie lautet: Geographie.

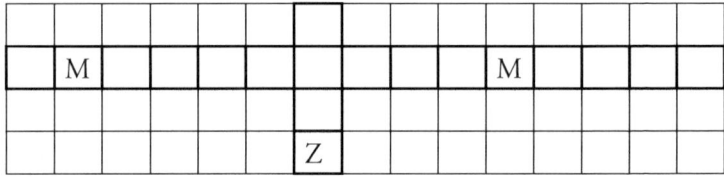

Udo fängt an. Schleudert mit brachialer Gewalt die Scheibe um ihre eigene Achse. Die Metallfähnchen pfeifen wie ein Schnellzug bei der winterlichen Bahnhofsdurchfahrt. Und sprühen Funken. Das Publikum scheint solch spätpubertäre Kraftausbrüche zu erschrecken: ihre blassen Gesichter werden noch blasser, ihre grauen Seidenblousons noch grauer und ihre Zweitfrisuren verlieren das Gleichgewicht und rutschen über Fielmann-Gestelle runter bis zu grobporigen, erröteten Nasen. Das Glücksrad kann sich nicht entscheiden – pendelt unentschlossen zwischen zweihundert und fünfhundert Euro hin und her. Fünfhundert: na bitte. Die todsichere Variante ist ja bekanntermaßen das E-R-N-S-T-L, das schon ganze Generationen von Glücksrad-Junkies zu euphorischen Gewinnern machte. Udo entscheidet sich für das »R« und landet gleich zwei Treffer. Das Publikum tobt für ihre körperlichen Verhältnisse fast ausgelassen. Ihre Münder weiten sich zu langen Aaaahs und Ooohs und lassen die Dritten im Scheinwerferlicht wie wilddiebisches Elfenbein erstrahlen. Kaum sind die Buchstabenwürfel von der Highheel-Assistentin in eine fully upright position gebracht, kündigt Pilot Meissner die erste Werbepause an, die – wie sollte es anders sein – mit Kukident 3 Phasen beginnt und vollaromatisch mit Dallmayr Prodomo endet. Während die

Zuschauer gegenseitig ihre Gebisse auf Haftung untersuchen, startet Udo bereits seine zweite Runde. Dieses Mal entscheidet er sich fürs »T«. »T« wie Theodor. Zonk. Manchmal ist Glücksrad halt Pechrad. Das Publikum raunt – zeigt großväterliches und omaesques Bedauern. Der Studioanimateur fordert die Massen auf, uns zu motivieren. Sie beginnen zu klatschen, als gäbe es kein Morgen – könnte bei der einen oder anderen ergrauten Figur auch gut sein.

Jetzt bin ich an der Reihe: das Glücksrad fest im Griff, den Blick nicht von den glattrasierten und solargebräunten Beinen der Glücksfee lösen könnend, hole ich Schwung. Die bunten Felder und Zahlen der Scheibe vereinen sich zu einem farbenfrohen Potpourri – zu einem visuellen Wackelpudding. Das Rad bleibt bei Waldmeister (also zartes grün) stehen. Einhundert Euro verspricht diese Runde – wenn ich denn nur richtig liege. Wie wär's denn mal mit einem »N«, denke ich halblau. Frederic Meissner fragt unsicher nach, ob er mein Geflüster richtig verstanden hat. »N«? Ja, »N«!. »N«, wie Norbert. Ein Plexiglaswürfel leuchtet auf. Nur einer. Na ja – besser als nichts. Das Publikum trampelt mit Deichmann- und Reno-Schuhen voller Inbrunst auf den Meister Proper reinen Studioboden. Einhundertzwanzig Beats pro Minute. Echte Housemusic – produziert von leibhaftigen HausmusikStadl-Fans. Nachdem das spontane Erdbeben abgeklungen ist, und sich die Herzschrittmacher auf Normaltaktung eingependelt haben, versuche ich zu kombinieren. Zu verstehen, was uns dieses Buchstabenrätsel sagen will. Ich tue das, was jeder Fernsehenthusiast einmal in seinem Leben machen will. Ich kaufe einen Vokal. Jawoll. Knallhart. Noch zögere ich einen Augenblick. Ääh, also »E«. »E«, wie Eimersaufen. Wieder ein Treffer. So allmählich füllt sich die Wand – leuchtet strahlend in unseren mikrofonverkabelten Rücken. Die rätselhefterfahrenen Vollrateprofis im Publikum raunen und flüstern. Scheinen der Lösung schon näher zu sein, als wir es sind. Ich versuche mich zu konzentrieren um aus dem Stimmenwirrwarr Bruchstücke herauszufischen. Herr Meissner fordert zur Ruhe auf, die prompt einkehrt. Da sieht man mal, was gute Erziehung alles ausmachen kann. Für einen weiteren Vokal reicht mein Guthaben leider nicht mehr. Also lasse ich vor meinem geistigen Auge das Alphabet durchrauschen. Nachdem sich kurzzeitig schwarz weiß gefleckte Kühe aus meiner Heimat in diesen Film geschummelt haben, bleibe ich beim »D« stecken. Also gut: »D«. Kein »D« weit und breit. Flaute.

Nun muss Lars die Kastanien aus dem Feuer holen. Er wirkt abgeklärt, ruhig und besonnen. Und scheint den richtigen Riecher zu haben. Sein »G« trifft es auf den Punkt. Das horizontale Rätsel ist schon fast vollständig gelöst – aber eben nur fast.

E	M		G			R	M		G	N
				R						
				Z						

Er fängt an zu kombinieren, algorithmisieren, integrieren, differenzieren, potenzieren, um zu bilanzieren. Und lächelt uns an wie der Mann vom Mond. Ich mache mir ernsthafte Gedanken. Hat Lars bei all den Buchstaben versehentlich ein »E« geschluckt? »E« wie Ecstasy. Oder lächelt er uns so selbstsicher zu, weil er die Lösung schon im Kopf hat? Lars holt tief Luft und atmet schwer aus. »H«, »H« wie Heinrich. Pling. Der oberste Würfel des vertikalen Rätsels leuchtet auf. Die Zuschauer spüren es auch – es dauert nicht mehr lang, dann ist dieses Rätsel ge- und wir erlöst. Ein letztes Mal bäumen sie sich auf – mobilisieren sämtliche Kraftreserven aus ihren krampfadrigen Beinen und altersbefleckten Armen. Lars legt einen angedeuteten Hüpfer aufs Parkett – eine wahrhaftige Gefühlseruption für seine Verhältnisse. Frederic Meissner fragt ihn, ob er denn schon lösen wolle. Er will: vertikal »HARZ«, horizontal »EMIGLIA ROMAGNA«

					H								
E	M	I	G	L	I	A		R	O	M	A	G	N	A
					R								
					Z								

Tosender Applaus – Es ist ein »A«. »A« wie Auf Wiedersehen.

Nächste Werbepause.

Wissen ist Macht

Die Sonne sticht allmählich wie tausend heiße Nadeln auf der Haut. Asphalt wälzt sich im Kriechgang um verdörrte Bäume. Ozonwerte hauen den Lukas und manchmal auch Senioren um. Highnoon in Berlin. Die Luft scheint stehen zu bleiben – rückt keinen Millimeter zur Seite und verdichtet sich schadstoffgeschwängert zu krebsfördernden Grußbotschaften der Industrie. Besserung ist nicht in Sicht. Kein Regen. Keine Abkühlung. Das zumindest behaupten die diplomierten Meteorologen der Freien Universität Berlin, in deren Richtung sich Lars gerade aufmacht.

Die Universität ist in Dahlem – einem heimeligen Stadtteil im Grünen – untergebracht. Der Weg dorthin ist weit und die Benutzung der öffentlichen Verkehrsmittel bei dieser Wetterlage eine echte Zumutung: Im Gedränge formen sich Schweißabdrücke zu bizarren, kristallinen Kunstgegenständen. Hechelnde Hunde ziehen mit ihren großflächigen Zungen klebrige Muster über den Boden. Pubertierende Jugendliche überbieten sich im Ausdünsten unappetitlicher Buttersäure gepaart mit der geruchsfatalen Kombination des gestern verspeisten Döner Kebab, dem kalten Rauch der ersten Zigarette und dem Versuch, mit einer Probepackung billigsten Parfums, all dies zu übertünchen. Die Stimmung ist so angespannt wie der eine oder andere empfindliche Magen, der kurz vorm Brechreiz steht. Jungverliebte halten sich trotz Hitze eng umschlungen die feuchten Patschehändchen (und hoffentlich auch die Treue) – sind noch zu schüchtern, um sich in die Augen zu schauen. Sind verlegen und kommen sich mit ihren angegilbten Baseballcaps gelegentlich ins Gehege. Der Berliner Jet Set wedelt sich indessen mit Handventilatoren der Marke Prada Frischluft in die Armanianzüge und besprenkelt die frisch gestutzten Achselhaare mit einer Prise hochpreisigen Duftwassers der Sorte Joop. Nasen laufen. Augen tränen. Rachen kratzen. Es ist Heu- und Kokainschnupfenzeit in Berlin.

Die S 45 fährt in den Bahnhof Köllnische Heide ein. Schon von weitem ist die pyramidenförmige Fassade des größten Hotels Deutschlands – dem

Estrel – zu sehen. Hier mietet sich vom Kegelverein Buxtehude über die Frauenbastelgruppe Wanneeickel bis zum SPD-Parteitagsgremium alles ein, was Rang und Namen hat. Für allabendliche Unterhaltung ist auch gesorgt, wenn sich im angebauten Convention Center die musizierende Doppelgängerszene von Michael Jackson bis Tina Turner trifft und sich über schwarze Flügel schmiegt oder auf Berliner Boden den Moonwalk wie Major Tom schwerelos zum Besten gibt. Der echte Michael Jackson steigt ja lieber im Hotel Adlon am Pariser Platz ab, wo ihm gelegentlich fast sein Sohnemann aus den Händen gleitet und um ein Haar einen Krater im Berliner Kopfsteinpflaster hinterlässt. Ein Naserümpfen mit der nicht vorhandenen eben selben reicht da als Entschuldigung nicht mehr aus.

Hinter dem Hermannplatz in Berlin Kreuzberg taucht unvermittelt eine riesige Freifläche auf, die erst bei genauerem Hinsehen als Flughafen Tempelhof identifiziert werden kann. Wer sich mal einen halben Tag Zeit nimmt kann mit etwas Glück den einen oder anderen turbo-propigen Start miterleben. So lukrative Destinationen wie Saarbrücken, Erfurt oder Münster stehen auf dem Flugplan und versprühen dörfliches Ambiente. Eine spannende Entwicklung, wenn man bedenkt, dass das Areal einst Exerzierfeld in der Kaiserzeit, Heimathafen der Lufthansa, Stützpunkt der Nazis und Ausdruck ihrer monumentalen Wahnvorstellung, Lebensretter während der Berlin-Blockade war und demnächst vielleicht eine grüne Oase für ruhesuchende Stadtbewohner sein wird. Sei's drum. Weiter geht's.

Nachdem S-Bahn, U-Bahn und Bus im Dreivierteltakt gewechselt wurden, rückt das Ziel eine hitzige Stunde später in greifbare Nähe. Die illustre Schar der jungen und junggebliebenen Studierenden, die scheinbar ziellos seit Jahren zwischen Mensa und Hörsaal meditativ pendeln ist faszinierend. Das findet auch Lars und versucht zu sortieren, einzuordnen, wer wohl was macht. Am leichtesten zu erkennen sind die Juristen. Wie aus dem Ei gepellt stolzieren sie weichgespült vom U-Bahnhof Thielallee zum Henry Ford-Bau, in dem ein gewisser Professor eine ungewisse Rechtslage gewissenhaft aufzudecken versucht. Was so ein echter Jurist ist, kann natürlich nicht ohne Zwischenhalt im Uni-Buchladen seinen Weg fortsetzen. Jedem Normalsterblichen wird es wohl immer ein Rätsel bleiben, wie man sich an einem zehntausendseitigen Standardwerk des Strafgesetzbuches ergötzen kann: na ja, alles, was Recht ist. Noch eindeutiger ist die Identifizierung der Jurisprudenz beim kantinalen Essenfassen. Das vegetarische Menü oder aber der Klassiker schlechthin »gemischter Salat« sprechen

Bände. Das Leberwurstbrötchen wird erst später heimlich aus der Innentasche des H&M-Anzuges gezaubert und auf dem Klo leise schmatzend vertilgt. Bei dieser Gelegenheit verewigt man sich je nach Bedürfnis mit einem weltverbessernden Spruch oder aber auch ganz einfach mit Namen, Handynummer und sexueller Präferenz auf der Innenseite der WC-Türen. Ohnehin scheinen sich Deutschlands Lesezirkel von den Bibliotheken und Gemeindesälen der Republik auf die unsanitären Anlagen verlagert zu haben. Dafür spricht zumindest der scheinbar unerschöpfliche pseudointellektuelle Output, der hier beim Pressen, Stöhnen, Schwitzen, Plätschern und Plumpsen an die hellblauen Wände gekritzelt, gekrakelt, eingeritzt und geschmiert wird. Manche Sprüche haben mehr Bums als die BamS.

Das mit dem »so tun als ob« können BWL-Studenten ähnlich gut wie ihre rechtsverdrehenden Genossen. Beim Verzehr linksdrehender probiotischer Fruchtjoghurts plaudert man gerne laut und öffentlich über die neuesten Errungenschaften: sei dies die aktuelle horizontale, körperliche Bekanntmachung mit dem anderen Geschlecht oder aber die noch höher zu wertende Neuanschaffung einer hochmotorisierten Karosse. Wo früher Abi 01- oder sponsored by Daddy-Aufkleber ganze Autos zusammengehalten haben, glänzt heute frisch poliert ein VR6-, GTI- oder Spiderschriftzug.

Lars schlendert weiter durch die heiligen Hallen der Wirtschaftswissenschafts-Fakultät. Alle zwei Meter werben bunte Flyer für Studentenvereinigungen, Poolpartys oder warten – mit Telefonnummern bespickte Ökopapierzettel – auf Nachmieter einer *echt günstigen und superhellen* Zweiraumwohnung im dritten Hinterhof. Hauptsache Prenzlauer Berg. Friedrichshain ist auch o. k. denkt sich zumindest der durchschnittlich vorbelastete Nicht-Berliner. Kohlenschleppen inklusive.

Besonders spannend zu beobachten ist, wenn sich vor schwarzen Brettern mit Jobangeboten der Medienbranche Grüppchen gut aussehender Studenten versammeln. Die Chance, dass es sich dabei um Publizistikstudenten handelt, ist relativ groß. Schon rein phenotypisch hebt man sich gerne aus der Masse der »Normal-Studis« ab. Weibliche Exemplare sind selten unter 180 cm groß und scheinen auch durch die restlichen körperlichen Maße und Umfänge der Playboy-Ersatzbank entsprungen zu sein. Blond und karriereorientiert. Vielfliegende Langschläfer. Philosophierende Materialisten. Redeschwall wie ein Presslufthammer. Orale Kaltfront. Die männlichen Gegenstücke sind keinen Deut besser.

Kommen, wenn's sein muss, noch mit perfekt sitzender Krawatte aus dem gerade absolvierten Casting in den Hörsaal. Sind souverän. Braungebrannt. Aus gutem Hause. Mit den besten connections in die upper class. Elitäre Egotripper. Survival of the fittest.

Langweilig sieht anders aus, denkt sich Lars, während die Zukunft von morgen erst mal draußen auf dem Rasen ein artverwandtes, getrocknetes Pflänzchen bronchial inhaliert, um aus geistigen Höhlenforschern intellektuelle Steilflieger zu machen. Mentale Abschiebehaft.

Der einzige Hinweis, den Lars zur Lösung seines Rätsels bislang erhalten hat ist spärlich: «Infodesk / Wirtschaftswissenschaften». Das kann nach menschlichem Ermessen nur der energiesparlampenbestückte Glaskasten sein, vor dem sich eine Schlange wissbegieriger oder einfach nur orientierungsloser Studenten gebildet hat. Hinten anstellen. Warten. Eine akademische Viertelstunde. Lars ist dran. Nennt seinen Namen. Und wartet ab. Die nette Dame hinter dem Glas auch. Bis ihr einfällt, dass der bunt bedruckte Umschlag neben ihr für Lars bestimmt ist. Die hinter ihm stehende Masse ist verwundert, dass kein kommentiertes Vorlesungsverzeichnis oder eine dickschwartige wissenschaftliche Abhandlung unter dem Tresen verschwindet und seinen Besitzer wechselt. Raus aus dem Elfenbeinturm – rein in den Wissensspeicher. Wissen ist Macht – nichts wissen macht auch nichts. Lars beobachtet noch einen Moment das studentische Treiben, bevor er den Umschlag öffnet:

«Lieber Lars.
Willkommen in der Welt der Wissenschaft. Unser nächster Hinweis lautet: ISBN 3410382712
Viel Erfolg!»

Hmm, nicht gerade viel Information, denkt sich Lars und fragt sich nebenbei, wo denn die nächste Bibliothek sei, um dem Buch mit der ISBN-Nummer *3410382712* auf die Spur zu kommen. Erstaunlicherweise kann ihm diese Frage erst nach dem fünften Anlauf von einem tschechischen Austauschstudenten beantwortet werden, nachdem die vorher Interviewten das Wörtchen Bibliothek für einen Flashback längst vergangener Zeiten hielten.

In der Universitätsbibliothek wuseln mehrheitlich Frauen der Gattung »ich studiere Psychologie – frag mich nicht warum« umher. In ihren durchsichtigen Plastiktüten finden sich vorzugsweise Titel wie

Emotionale Intelligenz, Kognitive Psychologie oder Farbtherapie für reso-
zialisierte Sexualverbrecher wieder. Die Stimmung im Recherche- und
Leseraum wirkt angespannt. Konzentriert. Das wilde Blättern im Bü-
cherdschungel produziert einen leichten Wind, der die müden Augen
mit Sauerstoff belüftet und das Versinken im Reich der Träume ver-
hindert. Fortschrittliche Studenten kreuzen mit ultraflachen und noch
viel schnelleren Laptops auf, die sie nicht etwa zum raschen Erfassen
der gesammelten Informationen sondern zum zeitvertreibenden 3-D
Golfspiel verwenden. Das haben die Bundeswehr und die Universität
halt doch gemeinsam: Zynisch könnte man sie als beheizte Aufbewah-
rungsanstalten unschlüssiger junger Menschen bezeichnen. Für solch
sozialkitschige Überlegungen hat Lars keine Zeit und schnappt sich den
nächsten Online-Terminal. Beim Start des Browsers öffnet sich automatisch die Homepage der Universitätsbibliothek der Freien Universität
Berlin. Wer jedoch glaubt, dass diese Geräte zu rein wissenschaftlichen
Zwecken genutzt werden, sollte mal einen Blick auf die History der
zuletzt geöffneten Websites werfen. Neben dem üblichen gegoogle und
yahooe scheinen die Online-Ausgaben diverser Hochglanzmagazine der
Sorte Hoppelhäschen regen Anklang zu finden.

So, zurück zum Wesentlichen. ISBN-Nummer in die erweiterte Suche
eingeben und Resultat ausdrucken: *Baugruppensystem Digitale Steuerungs-*
technik. Folien einschließlich Positivfilme für Leiterplatten. 88/92/27857(3).
Lars überprüft nochmals die Nummer. Scheint zu stimmen. Okay. Ver-
wunderung abschütteln. Motivation aufrütteln. Die flachbusige aber
hochstöckige Bibliothekarin erklärt Lars den Weg zum Ziel: durch die
Taschenabgabe- und Kontrolle zum Lift. Drei Stockwerke unter Tage.
Blaue Regalreihe mit den Koordinaten *88/92.*

Die Bücher, Nachschlagewerke und Bildbände strahlen eine unheimli-
che Ruhe aus. Sie zu berühren empfindet Lars als Sakrileg. So viel gebün-
deltes Wissen soll konserviert bleiben – Buchstaben sollen sich nicht im
Durchzug des aufsteigenden Fahrstuhls verflüchtigen und als sinnloser
Blattsalat auf den staubigen Boden herunterregnen. Keine weißen Seiten
hinterlassen, wo einst bedrucktes Papier war. Nicht nur die Ruhe ist es,
die Lars ehrfürchtig durch die Gänge schleichen lässt. Es ist auch der
Geruch, der die Sinne betrübt und einen feinen Nebel aus literarischen
Tröpfchenviren auf den Schleimhäuten hinterlässt. Softies rausgeholt und
mit Tempo rausgeschnaubt – Kärcher für Schnupfnasen.

Da steht es. In Augenhöhe. Und mindestens dreihundert Seiten stark. Lars kippt das Exemplar vorsichtig mit dem Zeigefinger am oberen Buchdeckel an, um es behutsam herausziehen zu können. So ähnlich wie beim Sex – aber das ist schon etwas länger her. Das Daumenkinoblättern bringt keine Erkenntnisse. Viele unerklärliche Abbildungen unterbrechen kryptische Textpassagen, für die man sich eigentlich nur im Zustand schwerer Depressionen begeistern kann. Das Werk scheint schon einige Jahre hier zu lagern und durch die eine oder andere dünnhäutige Hand ebensolcher Elektrotechniker gewandert zu sein. Die Farbe des Papiers wirkt toilettengelb. Eselsohren verschaffen den einst plan aufliegenden Seiten Luft. Im hinteren Drittel des Buchs stößt Lars plötzlich auf eine scheinbar unbedruckte Seite. Nein, eher eine Folie, die aus feinstem, bräunlichen Kunststoff hergestellt wurde. Mitten auf der Folie befindet sich ein CreaTVity-Hinweis:

Max-Planck-Institut / Fabeckstraße 32 / Elektronenrastermikroskop / 1:64'000.

Aha. Scheinbar handelt es sich bei der Folie um ein hochpräzises Drucklayout, wie es für die moderne Leiterplattenherstellung benötigt wird. Lars hält die Folie gegen das fade Mottenlicht um einen Hinweis zu entdecken. Keine Chance. Zu feinadrig und mikroskopisch klein sind die Formvariationen auf die Folie geätzt. Buch geschnappt und nach kurzem bürokratischen Aufwand auch ausgeliehen.

Vor dem Ein- und Ausgang der Unibibliothek haben sich rotpudrige Studentinnen posierend postiert, die mit lukrativen Einstiegsklauseln und verbrecherischen Ausstiegsklauseln Leser für diverse Tageszeitungen, Buchclubs und vorher nie gehörten supertollen Journalen überzeugen wollen. Wo sich jedoch die Fabeckstraße befindet, können die nasenhaargezupften und wimpernbetuschten Damen leider nicht sagen. Vielleicht waren sie auch einfach nur beleidigt, weil heute niemand so richtig auf die publizistischen Köder reagiert. Tja, von nichts kommt eben nichts.

Nach dreimaligem um die eigene Achse drehen stellt Lars fest, dass er sich ja bereits in der Fabeckstraße befindet. Nichts wie hin zu Nummer 32. Das Max-Planck-Institut befindet sich in einer ehemaligen Stadtvilla. Schwere Holztüren, stahlbeschlagene Türschlösser aus denen sich ganze Autos fertigen ließen und ein altrosafarbener Anstrich zeugen von adeligen Zeiten. Die ellipsenförmige Steintreppe zum Eingang ist mit einer antistatischen Fußmatte ausgelegt, die so gar nicht zum edlen Ambiente passen will. Ein Hinweisschild oberhalb des Klingelknopfs verrät, daß in diesem ehrwürdigen Haus die Forschungseinrichtung der elektrotechnischen Fakultät untergebracht ist. Lars spürt, dass er auf der richtigen Spur ist – vielleicht schon nahe an der Lösung des Rätsels. Im Inneren herrscht eine verwirrende Kühle, die vom dickwandigen Backstein ausgeht und von der eher schlicht gehaltenen Dekoration eindrucksvoll untermauert wird. Er bleibt einen Augenblick lang stehen, um die Kälte zu genießen.

Um zuzusehen, wie sich sein feiner Schweißfilm in die weit geöffneten Poren zurückzieht, um die Blutbahn wieder auf Normaltemperatur zu bringen. Um zu spüren, wie sich sein Puls beruhigt, der Atem abflacht und die Lebensgeister wie Aladin aus der Wunderlampe munter gerubbelt werden.

Das Institut wirkt wie ausgestorben – menschenleer. Lediglich der Restgeruch von mehr oder weniger frisch gebrühtem Automatenkaffee verrät die Existenz studentischen Lebens. Aus dem ersten Stock dringt ein gleichmäßiges Summen eines strombetriebenen Geräts. Das könnte das Elektronenrastermikroskop sein, denkt sich Lars und bringt seine leisen Sohlen in Schwung. Ohren gespitzt – das Summen geortet. Raum 101. Lars drückt bedächtig die Klinke hinab, bis sich die Tür gut geölt öffnen lässt. Aus dem Raum dringt Dunkelheit. Nur eine Spur grünlichen Restlichts. Das Ambiente erinnert an Supermans ersten Wohnsitz: kristalliner Purismus – Legionäre unterm Pult des Oval Office. Das Elektronenrastermikroskop steht platzfüllend an der Stirnseite des Büros. Es ist eingeschaltet – vorbereitet, um Lars den entscheidenden Tipp zum Lösen seiner Aufgabe zu geben. Behutsam legt er die Folienseite in die entsprechende Halterung des monströsen Apparates. Im Wunderland der Mikrometer wirkt das Muster der Leiterplatte bombastisch groß. Das Ziehen und Schieben am Objekt der Begierde bringt immer mehr Querverbindungen und scheinbar sinnlos verlaufende Linien zum Vorschein. Ein Irrgarten, der weder Sinn noch Unsinn macht. Kein Anfang – kein Ende. Lars wird unruhig. Schiebt die Folie ein letztes Mal wild unter der elektronischen Linse hin und her bevor er einen resignierten Blick auf den post-it-Zettel wirft. 1:64'000. Aha. Die Einstellung am Mikroskop zeigt 1:10'000 an. Mit Feingefühl das richtige Größenverhältnis eingestellt. Noch einen Blick gewagt. Das Bild ist unscharf. Nachjustiert. Urplötzlich wird aus dem chaotischen Wirrwarr ein klares Muster: S

Vorsprung durch Technik

Udos geistiger Tiefschlaf wird durch das polyphone Gebimmel seines Handys unterbrochen. Der gleichzeitig brutal hämmernde Vibrationsalarm in der Leistengegend tut sein Übriges, um ihn schlagartig in einen wachen Schockzustand zu versetzen. Es ist Lars, der von seinem Erfolg berichtet. Udo ist noch längst nicht so weit, was unter anderem daran liegen könnte, dass er sich auf seinem Weg zum Deutschen Technikmuseum am alten Anhalter Bahnhof von der einen oder anderen Berliner Schönheit hat ablenken lassen. Sich in den Bann reizender Dekolletés und unverschämt transparenter Oberteile hat ziehen lassen. Den Blick nicht von den sommerlich enthaarten Beinen hat lösen können, die erst nach einer Ewigkeit in so etwas wie einem Minirock verschwinden und Lust auf mehr machen. So erklärt sich dann auch die überproportional lange Fahrtzeit, die ihn wie ein Vileda Wischmop in die entlegensten und staubigsten Winkel der Stadt geführt hat. Sauber machen musste er zum Glück nicht – das wäre eine echte Lebensaufgabe gewesen.

Beim Aussteigen bemerkt Udo auf einem historischen Bahnhofsschild, dass er sich in Kreuzberg befindet. Einem Bezirk, der vor allem in den achtziger Jahren jeweils am ersten Mai hat aufhorchen lassen. Tausende autonomer Radikaler trafen sich mit Pflastersteinen bewaffnet in den tristen Häuserschluchten des mehrheitlich von Türken bewohnten Kiezes. Und dann war Party angesagt: vermummt und verdummt gegen alles, was sich bewegt oder leicht zu demolieren war. Berlin im Ausnahmezustand. Die Fernsehstationen live dabei. Volkssport für Dumpfbacken.

Heute geht es verhältnismäßig ruhig zur Sache. Die Berliner Polizei deeskaliert und die Autonomen von gestern sind die Staranwälte von heute. Die Mieten sind mittlerweile so explodiert wie Molotowcocktails zehn Jahre zuvor. Heute ist Kreuzberg wieder chic, in und trendy. Wer den ersten Hype im Prenzlauer Berg oder Friedrichshain verpasst hat, zieht wieder hier hin, falls er nicht spießig genug für Charlottenburg oder gar Spandau ist. So kann's gehen.

Am Museumseingang geben sich pisastudiegescholtene Schüler die Klinke in die Hand. Jungs mit strahlenden Gesichtern und voller Erwartung – heimlich bravolesende Mädels um die Farbechtheit ihres Lippenstifts besorgt. In ihren aus LKW-Planen zusammengenähten Taschen finden sich bündelweise Liebesbriefe, Kaugummis und schüchterne Kondome. Hinterhältige Pädagogen verteilen mehr oder weniger spannende Referatsthemen, deren Resultate problemlos von irgendeiner Website heruntergeladen werden können und den Notendurchschnitt kollektiv anheben. Udo überlegt einen kurzen Augenblick, ob er sich einer Gruppe frühreifer Mädchen anschließen soll, besinnt sich dann aber doch eines besseren. Ticket gekauft. Und rein ins klimatisierte Foyer. Auf den ersten Blick wirkt das Museum wie ein retrospektiver Flohmarkt längst vergangener Zeiten. Dampfende Maschinen, hochglanzpolierte Oldtimer und raumfüllende Rechenungetüme erschweren die Orientierung. Also erst mal einen Übersichtsplan besorgen und die Aufgabe gründlich lesen:

»Lieber Udo.

Herzlich Willkommen im Technikmuseum Berlin.

Für diese nächste Aufgabe brauchst Du ein gutes Auge und sensible Ohren. Suche und finde versteckte Hinweise, die Dich zur Lösung des Rätsels führen werden. Folge einfach dem ausgeschilderten Rundgang und Du wirst diese Prüfung bestehen.

Viel Glück!«

Udo schaut sich im Foyer um, das kathedrale Dimensionen zu haben scheint und ein ebenso monströses Echo von sich gibt. Stimmbrüchiges Schülerkratzen und kratzbürstiges Schülerinnenschreien werden von der gläsernen Innenfassade scheinbar mühelos in die langen Gänge getragen. Schlängelt sich wie eine Striptease-Tänzerin am glatt polierten Treppengeländer wieder hinab in den Eingangsbereich, wo es in Form eines schwachen elektrischen Impulses in einer männlichen Schweißhand landet, die viel lieber das straffe Hinterteil der Klassenschönheit kneten würde. Hier, wo vor fast einhundert Jahren noch Pferdewagen ein und ausfuhren, nimmt die Phantasie ihren freien Lauf. Lässt sich nicht beeindrucken von der neuen Welt – dem neuen Berlin – das gegenüber am Potsdamer Platz künstlich erstrahlt.

Der Rundgang beginnt in einer historischen Textilausstellung. Schon aus der Ferne ist das Klappern eines betagten Webstuhls zu hören, dessen Lunge aus dem letzten Loch zu pfeifen scheint. Dessen Quer- und

Längsverstrebungen wie Glasknochen knirschen aber nicht zerbersten. Der Belastung standhalten. Die Maschine wirkt lebendig – fast menschlich. Müht sich seit ihrer Geburt ab – ohne Motzen, ohne Meckern. Webt Karos, Kreise, Rauten. Zickzack. Linien, Ornamente, Bilder. Ruck zuck. Im Lichte der Scheinwerfer schweben feinste Fasern zu Boden. Schnee im Hochsommer. In einem Nebenraum webt eine neuzeitliche Version computergenerierte Strukturen. Bunte Fäden werden in Lichtgeschwindigkeit über Spangen, Umlenkrollen und Schiebemechanismen geführt. Lautlos. Aus dem Gewirr wird System. Aus System ein Muster. Aus Muster bunte Stoffbahnen, die man sich bei IKEA für zwei Euro zu einem Wickelrock zurechtschneiden kann.

Udo schaut sich jedes Detail an – versucht alle Eindrücke in sich aufzusaugen. Kein Hinweis – keine Spur. Vielleicht im nächsten Exponatenfundus, der Rechen- und Automatentechnik. Hier geht es ruhiger zu. Lediglich das Summen großspuliger, kupferdrahtiger Transformatoren ist zu hören. Erinnert an einen Bienenschwarm, der sich vergebens auf die Suche nach einer blühenden Sommerwiese gemacht hat. Hier blüht nichts. Hier glühen nur die Drähte, die Bits und Bytes von einem Bauteil ins nächste schicken. Die Nullen und Einsen von A nach B transportieren, und in der Summe eben doch mehr ausmachen, als einen hexadezimalen Code. Auf einem bernsteinfarbenen Display leuchtet ein einsamer Cursor. Er wartet auf Futter – auf einen sanften Tastendruck, der einen Buchstaben auf den Monitor zaubert und den Cursor endlich ein Feld weiterwandern lässt. Niemand erbarmt sich. Keiner scheint sich für die erste Generation von PCs zu interessieren. Udo tippt mitleidig seinen Namen in die Tastatur und bestätigt mit Return. Programmabbruch. Absturz. Nichts wie weg hier.

Keine fünf Meter weiter türmt sich Konrad Zuses erster Computer – der Z1 – auf. Eine ähnliche Typenbezeichnung fährt heute als mobile Version der bayerischen Motorenwerke auf deutschen Autobahnen umher. Zumindest von der Größe her sind beide technischen Wunderwerke ähnlich bemessen. Mit dem Unterschied, dass bereits die Klimaautomatik des Straßenflitzers mehr Rechenleistung hat, als das Urgestein der Informatik. Immerhin begreift man hier noch, dass Rechenleistung echte Knochenarbeit ist. Regler und Ventile schieben sich hin und her – dampfen unter der Last einfacher Rechenexempel. Na ja, jeder fängt mal klein beziehungsweise groß an.

Die Schulklasse von eben hat für all den historischen Schnickschnack kein Interesse. Sitzt dafür wie gebannt vor der evolutionären Ausbaustufe der Informationstechnologie – dem Internet. Wie Hühner auf der Stange hocken sie auf ungefederten Bürostühlen in Kussdistanz zum 21 Zoll Monitor. Zärtliche Begegnung. Augen weit aufgerissen. Rote Wangen. Feuchte Finger. Die Maus sanft streichelnd und gelegentlich liebevoll drückend. Udo schaut ihnen über die Schulter. Beobachtet die filigrane Fingerfertigkeit, mit der der Mauszeiger erotische Muster auf die knisternde Bildschirmoberfläche zaubert. Unverbindlich. Nicht von Dauer. Zeitgemäß. Hier ist nichts zu holen. Kein Hinweis – keine Spur. Vielleicht im nächsten Exponatenfundus, der Luft- und Raumfahrttechnik. Den kreativen Betablocker ausgeknipst und los.

Enttäuschung macht sich breit. Keine in den Himmel ragenden Raketen. Keine Mondlandefähren, die noch mit galaktischem Staub bedeckt sind. Dafür jede Menge graue Theorie. Konstruktionszeichnungen von Otto Lilienthals erstem Fluggerät. Flächen- und Volumenberechnungen für Bertrand Piccards Heißluftballon und das Logbuch des Raumschiff Enterprise. Udo kann nicht glauben, dass das schon alles war. Er öffnet die Tür zum Nachbarraum, der kein Raum, sondern eine gigantische Halle ist. Fluggeräte jeder erdenklicher Größe hängen hier wie Faultiere von der Decke. Formieren sich wie ein Schwarm von Killerbienen zum Angriff. Lassen auch mal die Flügel hängen, wenn die Laune nicht so gut ist. Versuchen mit ihren gummierten Untersätzen den Boden zu berühren – die hydraulischen Gelenke endlich mal wieder zu belasten. Den Hofknicks zu machen. Keine Chance. Gefangen in luftiger Höhe. Da, wo sie hin gehören.

Eine steile Treppe führt scheinbar noch ein paar Etagen höher. Udo ignoriert das Verbotsschild und macht sich auf den Weg nach oben. Von hier sehen die an Drahtseilen aufgehängten Fluggeräte wie Marionetten aus. Sie bewegen sich kaum – aber ihre Spannung ist zu spüren. Sie wirken bunt und bedrohlich zugleich. Jederzeit bereit, den Motor anzulassen und wie Biene Maja und Willi durch das Leben zu fliegen. Mit ihrem Flügelschlag Luft zu verdrängen, Druck aufzubauen und abzuheben. Udo ist am Ende der schwindelerregenden Treppe angelangt und betritt durch eine metallene Tür das Dach des Technikmuseums. Auf der äußersten Flanke des Neubaus wurde ein historischer Rosinenbomber installiert. Er scheint sich in die Lüfte schwingen zu wollen und darf nicht. Irgendjemand hat die Pausetaste während der Startphase gedrückt. Eingefroren. Zum Stillstand verdammt. Ein Blick über die angerosteten Propellertriebwerke bringt den Landwehrkanal und die dahinter liegende Neubauwelt des Potsdamer Platzes zum Vorschein. Terrakottafarbene Fassaden, Glas und Stahl ragen wie eine City in der City hervor. Dort, wo vor fünfzehn Jahren Selbstschussanlagen und Landminen die einzigen Kracher waren, wo Brachlandschaften die Berliner Tristesse unterstrichen, hat sich die Stadt ein neuzeitliches Baudenkmal gesetzt. Von der Mauer keine Spur mehr. Ost und West zu einer neuen Himmelsrichtung vereint, die Wahnsinn heißt. Die Freiheit heißt. Die am Potsdamer Platz Konsum und Vergnügen heißt.

Keine Zeit verlieren. Rückwärtsgang einlegen und zurück in die Ausstellungshalle. Jedes Detail anschauen. Jede Schraube – jede Niete, um das große Los zu ziehen. Kein Hinweis – keine Spur. Vielleicht auf der nächsten Etappe seines Rundgangs, dem Museumspark. Ein Hauch lokomotiver Nostalgie umgibt das Freigelände. Zwischen dem groben Kopfsteinpflaster schlängeln sich historische Schienen und allerlei Unkrautiges. Kaum ein Besucher hat sich hierher verirrt. Zu heiß. Zu unübersichtlich. Aber mit viel Charme. Der Ruß der dampfbetriebenen Ungetüme liegt noch spürbar in der Luft. Das Kreischen der gewaltigen Bremsen schallt noch in den Ohren. Der beißende Nebel bringt Augen zum Tränen. Udo versucht, sich zu orientieren. Sich einen Plan zurecht zu legen, um endlich der Lösung seiner Aufgabe näher zu kommen. Die Lokschuppen sehen interessant aus, denkt er sich und setzt transpirierend seinen Weg fort. Im hölzernen Verschlag reiht sich ein Dampfross an das nächste. Zum Schweigen verdonnert. Kohle verdampft. Inmitten der Ausstellung hüpft ein ewiger Junggeselle euphorisch zwischen den Stahlkolossen umher. Fotografiert die Riesen aus allen Perspektiven. Verknipst einen Film nach dem anderen, um Ideen für seine Modelleisenbahn zu sammeln, die Mutti täglich abstauben muss. Ein Menschenschlag zwischen Pfefferminztee und Büchsenbier. Zwischen Daily Soap und Hardcoreporno. Vorgewärmte Pantoffeln. Beamtenstatus. Von Sehnsüchten getrieben und zum Scheitern verurteilt.

Hier ist kein Blumentopf zu gewinnen. Also wieder raus aufs Freigelände. Ein, von den Jahren gezeichneter Wasserturm, lädt zum Besteigen ein. Die metallenen Streben scheinen unter der körperlichen Last zusammenzubrechen. Knarren. Quietschen. Halten. Oben angelangt bietet sich eine faszinierende Sicht auf den futuristischen Neubau des Museums. Eine andere Welt. In einer anderen Sphäre und doch nur ein paar Meter entfernt. Udo gibt sich noch eine Chance. Runter vom Turm – rein in die botanischen Wildwüchse auf der Rückseite des Museums. Mannshohes Gras und dorniges Gestrüpp lassen Indiana Jones-Stimmung aufkommen. Die Spannung zwischen Natur und Technik bringt die Luft zum Knistern. Flimmern tut sie ohnehin schon. Urwüchsige Baumgestalten und ein schilfumzingelter Teich stellen sich Udo in den Weg. Mit so viel Natur hat er nicht gerechnet. Hier inmitten der Stadt, deren Rhythmus keine Zeit für Erholung zu kennen scheint. Deren Lebenstempo mit Highspeed durch die Sanduhr rauscht. Trotzdem nimmt sie sich die Freiheit, um in den grünen Oasen zur Ruhe zu kommen. Gleichmäßig zu atmen. Kraft zu tanken. Urbane Meditation.

Udo lauscht noch einige Augenblicke den Fröschen, lässt eine junge Entenfamilie friedlich passieren und macht sich auf den Rückweg ins Gebäude. Laut Plan ist die Nachrichtentechnik das nächste Thema, das er sich zu Gemüte führen darf. Den Anfang macht das einzige funktionsfähige Schwarzweiß-Fernsehstudio der Welt von 1958. Hier wo die Bilder laufen lernten, wo Fernsehen wirklich noch das Fenster zur Welt war hat man plötzlich Respekt vor dem Medium. Je einfacher die Technik, um so erstaunlicher, dass sie tatsächlich funktioniert. Je mehr Kanäle verfügbar, umso selbstverständlicher wird die Freizeitbeschäftigung Nummer 1. Ein Zimmer weiter wird es noch rustikaler: Die Anfänge des Films werden mit Originalausschnitten aus den zwanziger Jahren demonstriert. Kein Ton – nur skurril umherhüpfende Figuren gestikulieren wild auf der Leinwand. Ab und zu fehlt ein Bild, verschwimmen die Konturen oder irritieren Lichtblitze die Augen. Spannend ja – Hinweis nein. Weiter geht's mit einer Ausstellung historischer Geräte, die in der Anfangszeit der Nachrichtentechnik revolutionär waren. Telegraphen, historische Telefonapparate und ein simples Morsegerät. Ein Morsegerät, an dem an einer Kordel befestigt, ein bekanntes Motiv auftaucht. Das CreaTVity Logo. Udo stürzt sich auf die Hörmuschel und wartet. Ruhe. Nichts zu hören. Dann ein kurzes Knacken – in schneller Reihenfolge trommelnde Zeichen. Kurze und lange. Zu schnell, um mitzuschreiben. Die Sequenz ist beendet. Wieder ein kurzes Knacken, dann in schneller Reihenfolge dieselbe Zeichenkette wie eben:

lang / kurz / kurz – lang – kurz – kurz / kurz / kurz – kurz – kurz /
lang – kurz – lang / lang – lang – lang / kurz – lang – lang – kurz.

Notiert. Nichts kapiert. Schnell das Morsealphabet zur Hilfe genommen und Punkte und Striche in Buchstaben übersetzt:
T / E / L / E / S / K / O / P.

Rasch rüber in die Ausstellung wissenschaftlicher Instrumente. Das
Teleskop ist schon von weitem zu sehen. An der Balustrade zum licht-
durchfluteten Innenhof postiert. Ein Knäuel von bockigen Kindern
hängt wie reife Trauben an dem Gerät. Sie zerren und zurren. Es be-
wegt sich nicht. Keinen Millimeter. Scheint fixiert. Durch nichts zu
erschüttern. Udo zögert noch einen kurzen Augenblick, bis er sich den
Weg freiräumt und das Teleskop erobert. Augen an das Okular gepresst.
Wimpern aus dem Blickfeld gestrichen. Zu sehen ist Emily. Emily – die
Kühlerfigur eines Rolls Royce, der eine Etage tiefer in der Oldtimer-
Ausstellung steht. Unterhalb der grazilen Figur ist der Schriftzug der
Nobelmarke zu sehen. RR. Ja, das ist es. RR.

Botschaft

Das Glücksrad zieht noch immer einen galaktischen Spiralnebel durch meine Hirnwindungen. Vera liegt beharrlich schallend in meinem Gehörgang. Mentale Nachwehen der medialen Glitzerwelt. Und trotzdem geht's schon wieder weiter. Am S-Bahnhof handele ich einen Fruchtcocktail zu einem Euro aus und injiziere mich mit Vitaminen. Spüre förmlich, wie A, B, C und weiß nicht was, meinen Körper mit Energie versorgen, die er auch dringend nötig hat. Meine Blutbahnen bedanken sich für den bleifreien Super Plus Tankstopp und drücken bei der Produktion von Glückshormonen mächtig aufs Gas. Gut gestärkt und hoch motiviert erklimme ich die Treppen zum Bahnsteig, von wo aus es wieder Richtung Innenstadt geht. Ehrlich gesagt, bin ich darüber auch ganz froh, weil die Plattenbaustimmung hier in Adlershof allmählich die Sinne weichspült. Die Augen zu einer Trotzreaktion verleitet, und die Gegend noch trüber erscheinen lässt, als sie ohnehin schon ist.

Kaum an der Friedrichstraße angekommen, weiß ich wieder, warum ich das Leben auf dem Land bevorzuge. Der dunkle Asphalt verbindet sich hier mit modischen Flip-Flops zu einer unansehnlichen Masse, die aus einem Horrorfilm stammen könnte. Übrig bleiben bunte Schlaufen und verkohlte Fußsohlen. Keine frische Brise, die die Körperventilation reguliert. Keine Obstbäume, in deren Schatten man vom Winter träumen kann.

Immerhin haben die letzten Jahre der einstigen sozialistischen Prachtmeile wieder ein wenig ventilicrendes Leben eingehaucht. Auf dem Weg zum ehemaligen Diplomaten-Grenzübergang Checkpoint Charly wird den Touristen Reichtum vorgegaukelt. Marmorne Prunkbauten und edle Boutiquen versuchen den Charme der Champs-Élysées zu kopieren und scheitern. Scheitern an den schmalen Fußgängerstreifen, die nicht zum Flanieren einladen. Kein Platz für Bistrotische, auf denen sich Café au lait und leckere Croissants in Größe und Geschmack duellieren können. An denen sich elegante Damen ihre leichten Röcke durch den Überdruck des U-Bahnschachtes hochwehen lassen können. An denen sich frisierte Pudel ihre Blase erleichtern können, während sich das kirroyalkontaminierte Frauchen den Schminkspiegel vor die Wahrheit hält.

Ich biege in die Leipziger Straße ein, in der sich das Museum für Kommunikation befinden soll. Die Aufgabe gibt mir allerdings noch einige Rätsel auf:

»Lieber Malte.
ALSO GUT / KOMM REIN / MACH MIT… und schau ihm tief in die Augen.
Viel Glück!«

Bitte was? Bitte wie? Merkwürdig. Nehme mir vor, mich nicht aus der Ruhe bringen zu lassen. Irgendeine plausible Erklärung wird es wohl auch für diese Herausforderung geben. Hoffe ich. Das Gebäude imponiert mir. Ein runder Lichthof durchflutet die drei Etagen mit natürlicher Sonneneinstrahlung. Verleiht der Kombination aus historischen Gemäuern und postmodernen Exponaten etwas Authentisches. Kaum am Infoschalter vorbeigeschlichen, werde ich von einer musealen Empfangsdame mit allerlei Broschüren versorgt. Ich nutze die Chance und lese ihr meine Aufgabe vor. ALSO GUT / KOMM REIN / MACH MIT. Anstatt in schallendes Gelächter auszubrechen oder an Schizophrenie glaubend die Schulter zu zucken, führt sie mich mit mütterlicher Sorgsamkeit in ein Rondell, in dem drei mannshohe Roboter scheinbar ziellos durch die Gegend fahren. Das also sind MACH MIT / KOMM REIN und ALSO GUT. Ich beobachte sie eine Weile, nicht ohne mir ein Lächeln verkneifen zu können. Sie verfügen über erstaunliche Fähigkeiten: reagieren auf Hindernisse, spielen sich Bälle zu und geben Laute von sich, die aus meiner Position nicht zu verstehen sind. Sie machen einen zufriedenen Eindruck. Ich versuche, meine philosophischen Mensch-Maschine-Überlegungen auf ein Minimum zu reduzieren und bewege mich in Richtung des ersten Roboters. Eine gewisse Ähnlichkeit zum Sternenkrieger R2D2 ist nicht abzustreiten. Behutsam hebt er seinen Arm und streckt einen seiner drei Finger in die Höhe. Nach Hause telefonieren sagt er zwar nicht, trotzdem fühle ich mich an E.T. erinnert. Reflexartig hebe auch ich meinen Arm und berühre mit meinem Zeigefinger die metallenen Gliedmassen des sympathischen Zeitgenossen. *ALSO GUT*, gibt er mit blecherner Stimme von sich und referiert fortan über die Geschichte des Museums. Schon interessant, dass das Museum für Kommunikation in Berlin als ältestes Postmuseum der Welt gilt. Auch faszinierend, dass während der Schließung im Zweiten Weltkrieg große Teile der Sammlung nach Hessen ausgelagert wurde. Und spannend, dass im Jahr 2000 das Ost- und West-Postmuseum zum heutigen Museum wiedervereint wurden.

Trotzdem lasse ich den redseligen Informanten links liegen und suche lieber MACH MIT. Entscheide mich für den kleineren der beiden anderen Roboter, der wie ein überdimensionierter rollender Wasserkocher aussieht. Er wirkt schüchtern – zurückhaltend. Braucht eine Weile, um seinen Schaltkreisen Leben einzuhauchen. Plötzlich ertönt rhythmische Musik – ein Walzer – aus seinem Inneren. Er scheint mich animieren zu wollen, mitzutanzen. *Mach mit, mach mit*, sagt er lächelnd. Ich lächle zurück. Sein Kameraauge verfolgt dabei jede meiner Bewegungen. Jedes Wimpernzucken, jeder Atemzug wird registriert. Ich nähere mich ihm auf wenige Zentimeter. Seine elektronische Linse weitet sich und scannt meine Iris. Ein schwaches Raster aus rötlichem Licht irritiert für einen kurzen Augenblick meine Pupille. Ist verschwunden, bevor ich überhaupt darauf reagieren kann. Irgendetwas scheint diese Aktion bei MACH MIT ausgelöst zu haben. Er fährt einen Schritt zurück – scheint zu rechnen, zu vergleichen. Seine CPU gibt Vollgas. Plötzlich sagt seine Computer-stimme: »Hallo Malte«. Nichts weiter. Aber erstaunlich genug. Er hat mich erkannt – seine Mission ist erfüllt. Noch nicht ganz, denn jetzt fängt er an zu drucken – ein kassenbongroßes Stück Papier, das er durch seine Mundöffnung spuckt. Ich greife, wie es ein passionierter Briefmarken-sammler bei der blauen Mauritius tun würde, nach dem Zettel und lese:

»Hallo Malte.

Vor dem Haupteingang des Museums ist für Dich ein Citybike bereitgestellt. Im Gepäckträger befinden sich fünf elektronische Geräte, in denen jeweils ein lichtintensiver Laser eingebaut ist. Auf Deinem Lenker ist ein Stadtplan mit fünf Positionen installiert. Folge der Route und platziere die Laser an den dafür bestimmten Vorrichtungen. Der Weg dorthin ist mit Maulwurftatzen gekennzeichnet. Schalte jedes Gerät ein, sobald es sich an der richtigen Position befindet. Das Ergebnis Deiner Bemühungen wird erst mit Einbruch der Dunkelheit sichtbar. Begebe Dich dazu auf die Panorama-Plattform im Kollhoff-Turm am Potsdamer Platz. Viel Glück!«

Hmm, die Aufgabe klingt spannend und sportlich. Werfe noch einen letzten Blick in den Innenhof, um mich von den drei Robotern zu verabschieden – ihnen zuzuwinken. Sie scheinen mich nicht zu bemerken. Haben bereits eine Schar wildgewordener Kinder um sich herum versammelt, die wie Saugnäpfe an ihren metallenen Gehäusen hängen. Die Kindergärtnerinnen schauen hilflos zu, wie die Blechbüchsen unter der jungen Last zusammenbrechen und sich nicht wehren können.

Das Citybike ist knallrot – auffälliger geht's nicht. Die ersten Tritte sind mühsam. Ich spüre meine Waden, wie sie sich zu einem Knäuel aus Muskelmasse formen wollen aber nicht können. Weil da nichts ist. Weil da nie etwas war und wohl auch nie etwas sein wird. Das sind die Momente im Leben, in denen man mal wieder bereut, das überteuerte Abonnement im Fitnesscenter Jahr für Jahr ungenutzt zu verlängern. Immerhin erleichtert das mein ohnehin schlechtes Gewissen ungemein: ich investiere in die Möglichkeit, Sport treiben zu können, auch wenn ich es nicht tue. Schon nach wenigen hundert Metern entlang der Leipziger Straße sammeln sich salzig schmeckende Schweißperlen auf meiner Stirn, die durch den Fahrtwind an meine Schläfen gespült werden und in einem feinen Nebel zerstäuben. Ich ziehe wie ein Formel 1- Wagen im Regen eine gigantische Gischt hinter mir her, die den ausgetrockneten Boden mit Feuchtigkeit benetzt. Sobald ich meinen Kopf nach unten senke, um den Stadtplan zu studieren, sammelt sich die körpereigene Flüssigkeit zu einem Sturzbach. Also wieder Kopf nach oben und Blick voraus. Trittfrequenz senken. Tief durchatmen. Luft holen. Und wieder Gas geben.

Die erste Station ist die japanische Botschaft, die fast idyllisch am südlichen Rand des Grossen Tiergartens liegt. Von weitem wirkt das Gebäude wie eine Miniaturausgabe des Weißen Hauses in Washington D.C. Ich drehe eine Runde um das Gelände, das größer ist als ich vermutet hatte. Keine Menschenseele. Asiatische Zurückhaltung. Höfliche Ruhe. Am Eingangstor stelle ich meinen Drahtesel ordentlich ab und schnappe mir das erste Gerät. Jetzt schleunigst die Spur aufnehmen – die Maulwurftatzen finden. Wie ein Schwein auf Trüffelsuche schleiche ich gebeugt durch die Anlage. Ziehe einen äußeren Kreis und enge mein Fahndungsgebiet wie Derrick immer stärker ein, bis ich im japanischen Garten angelangt bin. Da sind sie – die Hinweise. Inmitten des Teichs befinden sich abgerundete Granitfelsen, auf denen große Maulwurftatzen aufgeklebt wurden. Ich springe von einem Stein zum anderen. Muss aufpassen, nicht auf der glitschigen Oberfläche auszurutschen und mit meinem Laser für eine unfreiwillige Unterwasserbeleuchtung zu sorgen. Die letzte Tatze führt mich zu einem Kunstwerk, das dem Fujijama nachempfunden ist. Ich positioniere das Gerät im Krater. Schalter auf *on*. Das war's.

So kann's weitergehen denke ich, und schwinge mich auf den gelierten Sattel der Marke Elefantenarsch. Kaum zweihundert Meter weiter strahlt mich die Botschaft der Alpenrepublik Österreich an. Erstaunlich modern mit den drei farbigen, ineinander verschachtelten Gebäuden. Jedes für sich sehr individuell – gemeinsam ein Ganzes. Sämtliche meiner Images und Vorurteile über Österreich prallen am Eingang ab: kein Jagertee zur Begrüßung, kein Kaiserschmarrn als Appetitanreger und leider auch keine blonde Maid, die spärlich bekleidet mit wehendem Haar jodelnd durch den Garten hüpft. Darum soll es jetzt auch gar nicht gehen. Ich muss nicht lange suchen, bis ich die erste Spur gefunden habe. Sie führt mich direkt zu den Fahnenstangen vor dem Hauptportal. Ein Mast ist unbeflaggt – stattdessen ist an der Zugleine so etwas wie eine Halterung montiert. Versuche den Laser daran zu fixieren. Klappt. Sitzt wie angegossen. Schalte ihn ein und befördere die Last mit ein paar wenigen Armzügen in luftige Höhe. Das war's. So kann's weitergehen.

Mein Plan verrät mir, dass ich auch vom nächsten Etappenziel – der Botschaft Südafrikas – nur einen Katzensprung entfernt bin. Ich erwarte eine leichte Architektur – farbenfroh, gazellenhaft elegant und fröhlich. Doch ich werde enttäuscht. Zumindest von außen gleicht der Kasten eher einem Wohnsilo für gruppentherapeutisch betreute schwer erziehbare Jugendliche. Quadratisch. Praktisch. Gar nicht gut. Man muss schon sehr genau hinsehen, um einen Hauch südhemisphärischer, nach Salzwasser schmeckender Stimmung zu erhaschen. Dem Fernweh freien Lauf lassen. Seinen Alltag in einen Frischhaltebeutel füllen, in einem Pfandbüro abgeben, und ihn nie wieder abholen. Dort verrotten oder in einer öffentlichen Auktion ersteigern lassen. Zuschauen, wie sich ein anderer die Bürde überstreift und sie nicht mehr loswird. Im Inneren des Gebäudes hingegen spüre ich so etwas wie die Leichtigkeit des Seins. Kühle Frische. Klippenumspültes Schauspiel vor großer Kulisse. Frische Kühle. Nicht ablenken lassen. Weiter suchen. Und finden. Die Maulwurftatzen führen mich zu einem Lastenaufzug, der mich express auf die Dachterrasse befördert. Die großzügige Fläche ist einer Wanderdünenlandschaft nachempfunden. Mein Blick schweift über die Baumwipfel des Tiergartens zum Horizont, der sich bereits purpurrot färbt, als ob er sich für etwas zu schämen hätte. Ich folge den Spuren im Wüstensand. Sie enden dort, wo sich die verchromten Geländer im rechten Winkel treffen. Die Vorrichtung für das Gerät befindet sich in Hüfthöhe. Laser hinein – auf *on* geschaltet. Das war's. So kann's weitergehen. So macht's Spaß.

Mein fahrbarer Untersatz ist mittlerweile merklich leichter geworden. Drei der fünf Laser sind an ihrem Bestimmungsort. Zwei fehlen noch. Habe das Gefühl, einen Kreis im Botschaftsviertel gefahren zu sein. Zumindest passiere ich schon wieder die Japanische Residenz, bevor ich bei den Vereinigten Arabischen Emiraten ankomme. Am Eingangstor begrüßt mich im besten Deutsch mit leicht hanseatischem Unterton seine Majestät der Botschafter Ali Mohammed Ali A Zaronni. Er scheint auf mich gewartet zu haben. Allah weiß, wie lange schon. Ich werde mit offenen Armen und noch mehr Tee empfangen. Meine Frage nach den Maulwurftatzen wird ignoriert. Wage es auch nicht nachzuhaken. Zu groß der Respekt.

Die Botschaft ist der Check-in Schalter in eine andere Welt. Teures Mosaik, goldbeschlagene Säulen und prunkvoll verzierte Decken, die paradiesische Vorstellungen aufkeimen lassen. Palmen habe ich auch entdeckt – einen Harem leider nicht. Mit stoischer Ruhe und nicht ohne Stolz führt mich der Botschafter durch Aladins Wunderlampenland. Jeder Raum steht für eines der Emirate. Von Abu Dhabi auf dem fliegenden Teppich nach Dubai – an den Greifern des königlichen Falken gleitend nach Sharjah Ras Al-Khaimah – auf einer brillantenbestückten Senfte nach Ajman Fujairah und mit der modernen Variante, dem eigenen Learjet, nach Umm Al-Quwain. Der Rundgang endet im Innenhof, dessen Mittelpunkt ein Jungbrunnen darstellt und der mit einer gläsernen Kuppel überdacht ist. Der freundliche Herr nimmt mir den Laser ab, und installiert ihn an der Seilwinde des Brunnens. Ich knipse noch schnell den Schalter an und verabschiede mich ehrfürchtig mit so etwas ähnlichem wie einen Hofknicks. Selten habe ich mich so arm gefühlt. Aber schön war's trotzdem.

Ein Gerät, das letzte, ist noch übrig. Ein Ziel, das ich noch ansteuern muss. Versuche mich zu beeilen, um dem Einbruch der Dunkelheit immer einen Sonnenstrahl voraus zu sein. Mich nicht vom Schatten einholen zu lassen. Wäre doch schade, wenn ich die Indische Botschaft nur als schwarzes Loch wahrnehmen würde. Als konturlose Masse, die nicht mehr als eine betonierte Delle in der Erdoberfläche ist. Ich habe Glück. Die Abendröte bringt den indischen Sandstein zum Glühen. Verleiht dem Quader etwas Erhabenes. Der Eingang zum öffentlichen Bereich des Botschaftsgeländes ist ein wahres Atrium. Im Inneren stehen völlig unerwartet zylindrische Formen geraden Linien gegenüber. Lassen den Blick in den Tiefen des Raums verschwinden, wo er sich selbständig macht, auf Erkundungstour geht und erst viel später in die Augen des Betrachters zurückkehrt. Mein Blick bleibt im begrünten Gartenhof hängen. Kann sich kaum lösen vom Kontrast aus Natur und Bauwerk. Kann sich kaum lösen, weil der Boden mit Maulwurftatzen markiert ist. Zwischen zwei dicht bewachsenen Blumenbeeten finde ich die Vorrichtung. Schalter auf *on*. Fahrrad geschnappt. Und ab zum Potsdamer Platz.

Schon von weitem funkelt das Zeltdach des Sony Centers in langsam wechselnden Farben wie ein Swarowski Schmuckstück. Dazwischen blitzen die mit mächtigen Speicherkarten bestückten Digitalkameras unzähliger Touristen, die mit weit aufgerissenen Augen um die Wette Eindrücke aufsaugen, sie speichern und beim nächsten Familiengeburtstag wieder aufrufen. Gegenüber dem Sony Center befindet sich das Kollhoff-Haus, dessen Grundriss wie ein sowjetischer Eisbrecher in den Platz sticht. Dessen scharfe Kanten die Luft schneiden. Sauerstoff und Wasserstoff trennen und aggressive Funken schlagen. Der Eingang zum Lift befindet sich auf der Rückseite des backsteinernen Gebäudes. Ich bin fast alleine. Und gespannt auf das, was mich gleich erwartet. Der Fahrstuhl beschleunigt magengrubenverengend rasant und stoppt knieweichspülend wenige Sekunden später. Bevor es auf die Außenterrasse geht, schaue ich mir schwer beeindruckt die Baugeschichte des Potsdamer Platz an. Unglaublich, was hier im ehemaligen Niemandsland aufgebaut wurde. Wie viel Erde hier umgewälzt, wie viel Beton gegossen wurde.

Mittlerweile hat die Dunkelheit den Kampf gewonnen. Den Tag in den Feierabend geschickt und die Nachtschicht eingeläutet. Der Mond macht sich mit Tupperware und Thermoskanne bewaffnet bereit für eine gleißende Finsternis. Sorgt für Kraterstimmung. Das Observationsdeck kommt mir vor wie ein Zehnmeter-Turm im Freibad. Lädt ein zum Sprung in eine zewasofte Masse aus langzeitbelichteten Rückleuchten und einer wärmespendenden Wolke aus Abgasen. Keine Verletzungsgefahr. Weich wie die Kinderspielecke bei IKEA. Dort, wo sich das Gebäude zu einem Keil verengt, sollte ich direkt hinüber auf das Botschaftsviertel schauen können. Aber außer dem An- und Ausgeknipse diverser Lampen der Putzkolonnen kann ich noch nichts Auffälliges erkennen. Noch nichts erkennen? Falsch! Der erste fade Laserstrahl beginnt eine Krümmung in die Nacht zu schneiden – die Dunkelheit wie ein warmes Messer durch Butter zu filetieren. Da, der zweite. Und auch die anderen folgen. Noch ist das Muster nicht eindeutig zu erkennen – sind die Konturen zu verschwommen. Ganz allmählich erst schärfen sich die Linien – verbinden sich zu einem nächtlichen Spektakel. Ich staune über das, was ich sehe. Kein Buchstabe, keine Zahl. Es ist ein Zeichen. Es ist ein @.

Im Kreis drehen

Wir sammeln erst uns. Und dann unsere Hinweise. Rühren kräftig, um einen Teig auszurollen, auf dem die Lösung mundgerecht vor uns liegt. Noch kurz aufbacken. Und reinbeißen. Den Triumph genießen. Schön wär's. Alles, was wir haben, sind zerbröselte Krümel, die sich nicht so einfach zu einem Ganzen – zu einem Keks – zusammenfügen lassen. Wir notieren unsere Hinweise auf kleinen Zetteln. Stecken sie in einen Würfelbecher und breiten sie vor uns aus. Wieder rein in den Becher. Kräftig schütteln. Ausbreiten. Nichts. Keine Chance. Die Kombination aus Zeichen und Buchstaben ergibt keinen Sinn. Zumindest sehen wir keinen. Wir schnappen unsere letzten Biervorräte und klettern auf die Dachterrasse. Selbst von hier ist das @-Zeichen noch deutlich zu erkennen. Seitenverkehrt aber intensiv brennt es einen Stempel in die Nacht. Was wohl die Menschen denken, wenn sie in den Himmel über Berlin schauen? Was wohl unsere Konkurrenten machen? Sind sie weiter als wir? Sind sie schon am Ziel, und wir kämpfen nur noch um die Ehre? Haben wir alles gegeben? Irgendetwas falsch gemacht? Bevor uns der Alkoholspiegel das Sandmännchen vorbeischickt, versuchen wir zu rekapitulieren. Versuchen zu verstehen, in welche Richtung die Lösung gehen könnte. Wo wir eventuell auf einer falschen Fährte waren. Versuchen zu spüren, ob wir noch weit von unserem Traum entfernt sind, oder die schwarz-weiß karierte Flagge schon bald sehen werden.

Abgewunken. Durchgereicht zur Siegerehrung. Schampus statt Bier. Kaviar statt Currywurst. Ich fange an. Erinnere mich gerne an die erste Aufgabe in der Charité. Der versteckte Hinweis in der Computertomographie-Abteilung. Mehr Glück als Verstand hat mich die erste Etappe überstehen lassen. Der gesuchte Buchstabe war ein H.

Udo und Lars zittern immer noch die Knie – nein, nicht vom Bier – wenn sie an ihre erste gemeinsame Aufgabe denken. In den Unterwelten Berlins fanden sie den Hinweis: eine Wand bestückt mit unzähligen fluoreszierenden Maulwürfen. Erst aus der Ferne betrachtet war das Rätsel gelöst. Ein S.

Ich bin wieder dran. Es war eine tolle Aufgabe. Die erste Fährte habe ich im Pergamonmuseum aufgenommen. Die Hieroglyphe oberhalb der mächtigen Altartreppe entdeckt. Eine entsprechende Übersetzung habe ich dann in der Staatsbibliothek gefunden. Es war ein O.

Lars plustert sich, um mit Stolz von seiner nächsten Aufgabe zu erzählen. Mit allerlei technischem Gerät gelang es ihm, markante Punkte und Gebäude vom Fernsehturm aus zu sichten und in einem Koordinatensystem abzubilden. Die Dechiffrierung des Wirrwarrs aus Linien und Formen übernahm ein gewölbter Spiegel. Was er sah, war ein T.

Udo weiß noch immer nicht, wie er seine Begegnung mit der Teilnehmerin eines gegnerischen Teams einordnen soll. Versteht noch immer nicht, wie sie die Hinweise in Zoo und Aquarium schneller deuten konnte als er. Was soll's. Aufgabe erfüllt. Es war ein E.

Zwei Augenpaare fixieren mich. Sind noch immer skeptisch, als ich von meiner nächtlichen, prickelnden Begegnung im Eastside berichte. Ich habe keinen Zweifel daran, dass der Hinweis echt war. Kann mir nicht vorstellen, dass ich von ihr in eine Falle gelockt wurde. Nur noch verschwommen erinnere ich mich an die Nacht. Es war ein U.

Wir können uns das Schmunzeln kaum verkneifen, als wir noch mal an unseren Auftritt bei Vera denken. Sind stolz, daß wir uns vor laufender Kamera so gut geschlagen haben. Wichtiger als diese Eitelkeiten ist jedoch der Erfolg im Glücksradstudio. Aus all den Konsonanten und Vokalen war ein Buchstabe entscheidend für uns. Es war ein A.

Lars berichtet über das Rätsel in der Freien Universität Berlin. Wie er von einem Ort zum nächsten hechelte – wie er von der Fakultät der Wirtschaftswissenschaften die Spur in der Unibibliothek aufnahm und letzten Endes unter dem Elektronenrastermikroskop die Falle zuschnappen ließ. Der gesuchte Hinweis war ein S.

Udos Augen glänzen, als er sich all die fantastischen Geräte und Erfindungen im Technikmuseum in Erinnerung ruft. Wie es ratterte und rechnete. Des Rätsels Lösung brachte der Blick durch ein historisches Fernrohr, das auf das Logo eines Rolls Royce ausgerichtet war. Zur Belohnung gab's gleich zwei Buchstaben. R und R.

Der bislang letzte Hinweis führte mich vom Museum für Kommunikation aus in verschiedene konsularische Vertretungen dieser Welt. Fünf Laser werfen noch immer ein glimmendes @ in die Dunkelheit dieser Stadt, die nie wirklich dunkel wird. Die nie wirklich schläft.

Die sich selten Zeit nimmt. Mal kurz dösen – ein kleines Nickerchen. Mehr nicht.

H, S, O, T, E, U, A, S, R, R, @ Eine E-Mail Adresse. Der Verdacht liegt nahe. Die Länderkennung könnte RUS für Russland sein. Oder HRO für Kroatien. Vielleicht auch USA oder AUS? Könnte, muss aber nicht. Uns wird schnell klar, dass wir so nicht weiter kommen. Dass wir uns im Kreis drehen, wie das Dreckwasser in der Badewanne, wenn der Stöpsel gezogen wird. Hinein ins Loch. In der Versenkung verschwunden. Das darf nicht sein. Zu sehr haben wir uns angestrengt. Uns konzentriert, um die Aufgabe erfolgreich zu lösen. Immer wieder fragen wir uns, wie weit unsere Konkurrenten sind. Mussten sie dieselben Rätsel lösen? Hätten wir ihnen nicht öfter begegnen müssen? Wohnen wir vielleicht sogar Tür an Tür?

Je später die Nacht, umso stärker zieht der Wind durch die Stadt und der Alkohol durch unsere Blutbahnen. Schickt seine stürmischen Boten auf unsere Dachterrasse, bricht sich an den bräunlichen Bierflaschen und trällert ein Liedchen. C-Dur. H-Moll. Doll. Die Töne versinken im Glas, holen Schwung und kommen multidezibelisiert wieder heraus. Unten an der Kreuzung hüpfen grüne und rote Ampelmännchen im Takt der Clubs. 120 bpm. Wechseln so schnell, dass sie aus ihren Gehäusen zu springen scheinen. Ost- und West-Ampelmännchen gemeinsam auf der Flucht. Wohin, weiß niemand. Hinterlassen ein schwarzes Loch, in dem sich im Frühling die Amseln einnisten können. Wir schließen die Augen und fahren eine Runde Achterbahn. Der Körper ist fixiert – die Gedanken frei. Der letzte Schluck hat die Geschwindigkeit nochmals erhöht. Doppelter Looping. Zum Anhalten zu spät. Augen wieder auf. Einpendeln, Luft schnappen. Notbremse ziehen. Mit Chips und Erdnüssen nachfeuern. Neutralisieren. Augen wieder zu. Diesmal nur Kinderkarussell. Trotzdem schnell genug.

Handys piepsen! Handys piepsen? Augen auf. Sehr weit auf. Stabilisieren. Orientieren. Analysieren. Auf allen drei Handys ist eine Nachricht eingetroffen. Wir kennen den Absender: CreaTVity. Jetzt wird's spannend:

»Liebes Team C.

Begebt Euch sofort zum Kurvenstar. Unterhalb des Monitors befindet sich eine Tastatur. Tippt je einen Hinweis ein und bestätigt mit Enter. Sind alle Hinweise richtig und vollständig, so seid Ihr der Lösung einen entscheidenden Schritt näher gekommen. Viel Glück!«

Wir verlassen fluchtartig unsere Freiluftarena und stolpern ins Appartement. Spüren, dass es jetzt um alles geht. Wissen, dass wir jetzt nicht versagen dürfen. Umziehen. Einpacken. Losgehen.

Die Straßen sind leergefegt. Der Lärm des Tages konserviert. Unter Verschluss gehalten, bis er am nächsten Morgen sein Vakuum verlassen darf. In einigen Hinterhöfen sind kunstvolle Lichtobjekte installiert, deren Neonschein gummibärchenfarbene Muster auf den Gehweg zaubert. Uns die Orientierung erleichtert. Schon nach wenigen Minuten haben wir unser Ziel erreicht: den Kurvenstar. Die Bardame fegt gerade die Überreste der Nacht auf die Straße hinaus, wo sie von Taxis aufgesammelt oder morgen vom Müllmann abgeholt werden. Der Monitor flackert. Auf dem darunterliegenden Sims der Jugendstilfassade ist die Tastatur angebracht. Wir konzentrieren uns. Wollen systematisch vorgehen. Udo übernimmt die Aufgabe. Von hinten flüstern wir ihm den ersten Buchstaben zu. H und Enter. Der Monitor gibt ein freundliches Geräusch von sich und bestätigt die Richtigkeit der Angabe wie Karin Tietze-Ludwig bei der Ziehung der Lottozahlen. Ohne Gewähr. Rechtsweg ausgeschlossen. Erleichterung macht sich breit. Weiter mit dem nächsten Buchstaben. S und Enter. Wieder richtig. O und Enter. Jawohl. Euphorie pur. Ein Hinweis nach dem anderen erweist sich als korrekt. Der vorletzte Buchstabe ist ein R. Enter. Tadellos. Die Spannung steigt. Das letzte Zeichen – das @. Udo lässt seine Augen über die Tastatur streifen. Kein @! Wo ist das @? Gemeinsam suchen wir das verdammte @. Kann doch nicht sein. Wurde die Tastatur manipuliert? War das @ gar nicht der gesuchte Hinweis? Kann ich mir nicht vorstellen. Schauen ein letztes Mal auf die Tastatur. Nichts. Ratlosigkeit. Verzweiflung.

Wir beknien die immer hübscher werdende Bardame für ein paar Minuten in den Club kommen zu dürfen. Bestellen einen Schnaps. Wollen uns ein letztes Mal konzentrieren. Lars notiert jeden Buchstaben auf einem durchgeweichten Bierdeckel und liest alle Hinweise lallend laut vor:

Ha, Es, O, Te, E, U, A, Es, Er, Er, At

Plötzlich geht der Vorhang auf. Verschwindet der Schleier vor unseren Augen. Gibt den Blick frei auf die Lösung. Das @ ist kein @. Das @ sind zwei Buchstaben. A und T. Wir jauchzen wie ein Schweizer Bergbauer und stürmen jodelnd nach draußen. Der Cursor ist mittlerweile wieder auf seine Ausgangsposition zurückgesprungen. Also noch mal alles von vorne. Behutsam, fast ängstlich tippen wir einen Buchstaben nach dem anderen ein. Bislang kein Fehler. Auf Kurs. Jetzt wird's spannend. Das ominöse @, das kein @ ist. A und Enter. Korrekt. Richtiger Riecher. T und Enter.

Der Monitor scheint sich überschlagen zu wollen. Wilde Farb- und Geräuschkombinationen bringen unsere Wahrnehmungssinne ins Trudeln. Die Buchstaben springen wie die Symbole eines einarmigen Banditen von einer Position zur anderen. Drehen sich um ihre schmale Achse. Werden langsamer. Scheinen sich fixieren zu wollen. Einen Schritt vorwärts. Zwei zurück. Kurzes Zucken. Stillstand. Die Buchstaben haben sich eingependelt. Einer nach dem anderen wird sichtbar:

R, O, T, E, S   R, A, T, H, A, U, S

Wow. Das Rote Rathaus, der Sitz des Berliner Senats in unmittelbarer Nähe des Alexanderplatzes. Wir liegen uns in den Armen – befreien die tonnenschwere Last von der Schwerkraft und lassen sie von unseren Schultern poltern. Massive Einschläge in die Berliner Pflastersteine. Tiefe Krater, die wir mit Freudentränen füllen. Goldfischzucht in Berlin-Mitte. Schauen noch mal auf den Monitor. Nur um sicher zu gehen. Unterhalb des Schriftzugs »Rotes Rathaus« erscheint ein Hinweis. *Daten werden gesendet.* Kaum ist der Vorgang abgeschlossen, melden sich unsere Mobilfunkgeräte wieder zu Wort:

»Liebes Team C.

Herzlichen Glückwunsch! Nun seid Ihr fast am Ziel. Findet Euch morgen früh um 09:00 Uhr vor dem Roten Rathaus ein. Dort erhaltet Ihr per SMS den letzten, den alles entscheidenden Hinweis.

Gute Nacht!«

Entlarvt

Noch immer nicht am Ziel – aber dafür kurz davor. Und müde. Sehr müde sogar. Wir schlurfen durch die gottverlassenen Straßen zurück zum Appartement. Der Weg kommt uns lang vor. Sehr lang sogar. Wir reden nicht viel. Schmunzeln lieber in uns und die Schaufenster der Second Hand Läden hinein. Sie lächeln zurück. Kostet weniger Energie. Sehr viel weniger sogar. Eine Straßenbahn rattert schlaftrunken im Gleisbett. Schüttelt sich. Zittert. Ihr schwaches Scheinwerferlicht leuchtet die Kohlekeller der Hauptstadt aus. Viel ist da nicht zu sehen. Staub, Trödel, Altpapier. Keine Fahrgäste an Bord. Dienstfahrt. Vielleicht in die Werkstatt, um sich auch mal Ruhe zu gönnen. Wellnessurlaub für Fahrgestelle. Lifting für die Karosserie. Und Abenteuerurlaub für den Elektromotor. Eine Polizeistreife schleicht tatortesque im Kiez umher. Auf der Suche nach Kapitalverbrechern. Fehlanzeige. Auf der Suche nach Drogendealern. Fehlanzeige. Auf der Suche nach Parksündern. Anzeige.

Aus dem Morgengrauen ist eine Morgenröte geworden. Der Himmel hat sein Gewand gewechselt. Morgenmagazin statt Nachtjournal. Aus einem Hinterhof strömt der Geruch frischer Backwaren. Wir folgen der verführerischen Duftnote und klauen ein paar Brötchen. Sie sind noch heiß. Hunger haben wir keinen. Teilen unser Diebesgut mit allerlei zwitscherndem Federtier, dem die Müdigkeit auch noch anzuhören ist. Die Stadt wirkt traurig. Melancholisch. Wissen nicht warum. Vielleicht ist es auch nur unser Gefühl. Denn schon bald haben wir es geschafft. Ist die Suche nach dem Maulwurf zu Ende. Und wir fahren wieder nach Hause. Als Gewinner auf jeden Fall. Ob mit oder ohne Siegesprämie. Eines steht fest. Wir werden Berlin vermissen. Die Power, die diese Stadt wie einen Lichtbogen umspannt, dessen Enden direkt in den Erdkern zu stoßen scheinen. Glühend heiß. Unberechenbar. Die Vielfalt dieser Stadt, die so bunt wie Woodstock ist. Die sich wie ein Schmetterling entfaltet, wenn der Frühling kommt und wilde Blüten treibt. Immer für eine Überraschung gut. Immer etwas in der Hinterhand. Immer unter Spannung, die den brüchigen Fassaden den Rest gibt. Immer unter Strom, der die Jugend vibrieren lässt. Immer unter Beobachtung. Schaut auf diese Stadt. Heute hat niemand mehr die Absicht eine Mauer zu errichten. Will niemand mehr auf die Straße gehen, um für grenzenloses Spazierengehen zu demonstrieren. Heute wird gefahren – und zwar nicht Trabi. Tagesschau statt Aktuelle Kamera. Wetten dass… statt Kessel Buntes.

Im Hauseingang begegnet uns ein Zeitungsausträger. Wir schauen uns die Titelseiten des bunten Blätterwaldes an und stellen fest, dass wir die letzten Tage nicht wirklich viel verpasst haben. Der Aufstieg in den vierten Stock ist beschwerlich. Merken, wie die Müdigkeit die Knochen lähmt, sie schwer macht. Trotzdem lohnt es sich nicht mehr schlafen zu gehen. Gemütlich, genüsslich lassen wir die Kaffeemaschine rattern, dampfen, tropfen. Heute mal schwarz. Ohne Milch und Zucker. Freie Bahn fürs Koffein. Die nächsten Stunden fließen zäh wie Kaugummi. Ständig der Blick auf die Uhr – die innere Ruhe suchend aber nicht findend. Wollen lieber zu früh als zu spät am nächsten Treffpunkt sein – dem Roten Rathaus.

08:30 Uhr. Wir gehen los. Haben jetzt keinen Blick mehr für die Stadt, die schon wieder bebt. Sind angespannt. Gespannt, was uns erwartet. Merken, wie sich unsere Schrittfrequenz automatisch erhöht, wie wir beschleunigen. Kurz vor 09:00 Uhr erreichen wir den Rathausvorplatz. Alditütentragende Hausfrauen und Frühaufstehertouristen kreuzen den Platz. Queren ihn wenige Minuten später wieder. Den Blick mal nach oben zur Aussichtskugel des Fernsehturms, mal in die Weite in Richtung Palast der Republik gerichtet. Wir stehen einfach nur da. Beobachten wie der Dönerfritze einen riesigen Fleischklops aus seiner Plastikhülle befreit. Beobachten wie sich Teenager mit ihren Fotohandys gegenseitig porträtieren und die Luft mit pickligen MMS verschmutzen. Spüren wie der Boden bebt, wenn die U-Bahn unter uns hindurch rauscht. Spüren den feinen Nebel, den der Ostwind vom Neptunbrunnen zu uns herüberweht. Unsere Gesichter mit Frische massiert, die sie bitter nötig haben. Hören, wie das Gebell eines Rottweilers sich in der Unterführung zur anderen Straßenseite zigfach verstärkt und für Angstzustände sorgt. Hören, wie plötzlich unsere Handys piepsen. Das muss er sein. Der letzte. Der alles entscheidende Hinweis. Auf dem Display erscheint eine knappe Nachricht: «Raum 2062»

Wir schauen uns an. Wir drehen uns um. Rotes Rathaus. Raum 2062. Preschen los zur Eingangstür. Nur noch Tunnelblick. Adrenalin puscht uns nach vorn. Den Pförtner scheint unsere aufgeregte Erstürmung des roten Klinkerbaus nicht zu stören. Nimmt uns noch nicht mal wahr. Brauchen einen kurzen Augenblick, um uns zu orientieren. Wir nehmen die breiten Stufen zur Wendelhalle im Laufschritt. Haben Müdigkeit und Schwerkraft für überflüssig erklärt. Sie abgeschüttelt wie Kastanien ihre stacheligen Mäntel. Sie links liegen lassen, wie Dieter seine heiße Nad(d)el.

Der Raum ist gesäumt von Bildern. Rechts grinst Michail Gorbatschow von der Wand, links blinzelt Bill Clinton den Besucher an. Auf dem Absatz zum Treppenhaus streift der Blick kurz das Goldene Buch der Stadt, das sich in einer panzerglasigen Vitrine vor den wasserresistenten Markern neugieriger Klassenausflügler schützt. Nächster Absatz. Sicht nach draußen. Sehen, wie zwei Dreier-Teams über den Platz in Richtung Rathaus stürmen. Jetzt wird's eng. Unsere Konkurrenten sind uns auf den Fersen. Können einen Hauch ihres überhitzten Atems im Nacken spüren. Nehmen so viele Stufen auf einmal, bis sich unsere Muskeln verzerrt zu Wort melden. Eine Etage tiefer ist der dumpfe Knall einer zugeschlagenen Tür zu hören. Der murmelnde Geräuschpegel nimmt zu. Wird lauter. Geben Gas. Schnaufen.

Zweite Etage. Lange Gänge. Kurze Schritte. Rennen am Grünen Saal vorbei, in dem während der Wendezeit die letzten Reformgespräche der DDR-Führung stattgefunden haben. Nur noch wenige Schritte. Sind schon am Büro 2056. Nur noch ein paar Türen. Sind angekommen. Raum 2062. Halten kurz inne und öffnen die Tür. Am Boden goldene Maulwurftatzen. Links und rechts Fotografen und Kamerateams. Blitzlichtgewitter. Rotlicht – live on air. Hinter dem Schreibtisch jemand, der uns bekannt vorkommt. Klaus Wowereit – Regierender Bürgermeister Berlins. Er ist der Maulwurf. Und das ist auch gut so.

planet berlin

There's a town like a girl,
Smooth skin and curly hair.
There's a place like a sparkling pearl,
No better place anywhere.

Wherever you're passing by,
You feel the mood of the scenery.
It might be November – but in my heart it's still spring,
Even fools feel like heroes in the streets of Berlin.

In the heat of the night,
Feel the speed of the day.
Never leave – always stay.
The future is bright.

Scratching the surface – looking behind,
Discover the secrets – put on your glasses,
Walking along unknown pathes,
Put on your glasses – protect to get blind.

Berlin takes you by your hand,
Like beauty and beast.
Since there's only one – no west and no east.
The underground sound from a high flying band.

© Ralf Richert 2005

To be continued

Crash Kiss ist die erste von 12 Episoden und Theorien zum Mauerfall in Berlin. Zwischen Komik und Tragik, zwischen Witz und Melancholie nehmen die Geschichten die Geschichte auf die Schippe:

»Der schwarzgelbe Aufkleber an Erichs Schläfe ist verrutscht. Kann schon mal passieren. Die Wucht des Aufpralls war heftiger als erwartet, der Winkel spitzer als berechnet, die Karosserie steifer als vermutet. Sein rechtes Bein hat sich durch den Fussraum gebohrt. Sein linkes Bein simuliert einen Parabelflug. Die Handgelenke spielen Mikado. Das Crashtestdummygardemass von 1,80 m ist auf Gartenzwergmass zusammengestaucht. Erich zeigt keine Reaktion, keine Emotion.

Der Laborleiter und seine planwirtschaftliche Assistentenschar ziehen seine Extremitäten vorsichtig aus den übriggebliebenen Fetzen des Trabants. Die Gelenke quietschen. Aus der Bauchhöhle dringt Schmieröl. Niemand vergießt eine Träne. Nur ein langer Seufzer zieht sein gelangweiltes Echo durch die blecherne Fabrik, als das ganze Ausmass des Crashs klar wird. Viel Arbeit wartet auf das Team der Versuchsanstalt »Fahrsicherheit« an der Bornholmer Straße. Dabei gäbe es jetzt wichtigeres zu tun, als chancenlose Zweitakter gegen übermächtige Betonwände und Prellböcke rasen zu lassen …«

Mehr erfahren Sie unter www.ralfrichert.ch

Awards

And the nominees are …

Jana für ihre Beharrlichkeit, Euphorie und Motivation; Andi für sein professionelles Layout und seine unerschöpfliche Kreativität; Angela für ihre Ausdauer und Geduld; Anja für ihr kritisches Lektorat; Thomas, Pavlina und Tim für ihre Lockerheit und mein periodisches Rebooting; meine Eltern für ihre Berlin-Begeisterung; die Schweizerischen Bundesbahnen für ihre kreative Schreibstimmung in der 2. Klasse; mein PC, der mich nie im Stich gelassen hat; die Stadt Berlin, für ihre unendliche Inspiration; U2, die für die eine oder andere philosophische Eingebung verantwortlich sind.

Weitere Titel **BOD** Regional

Sandra Lüpkes: Wellengang

ISBN 3-8334-0706-9, Pb, 136 S., € 8,90

Die dreizehn Krimis, die von Dorftratsch, Sturmfluten, Provinzeiern und Ehedramen zwischen Dünen und Deich erzählen, versprechen Spannung auf engstem Raum und bereichern die norddeutsche Landschaft um kleine kriminalistische Glanzlichter. Sandra Lüpkes, erfolgreiche Autorin zahlreicher Kriminalromane, brilliert auch auf der Kurzstrecke.

Bettina Pohlmann: Netz Date

ISBN 3-8334-4669-2, Pb, 184 S., € 10,80

Jola beschließt ihre große Liebe im Internet zu finden: Also loggt sie sich in einer Flirtplattform ein und wird plötzlich zum Zentrum des Interesses von Balletttänzern mit Überbiss, Geschäftsmännern in tiefer gelegten Geländewagen und liebesfrohen Lebemännern. Wer und was wirklich im Leben zählt, erkennt sie erst, als es schon fast zu spät ist ...

Herbert Menzel (Hrsg.): Hotel Garni – vorübergehend abgestiegen

ISBN 3-8334-2772-8, Pb, 130 S., € 10,00

Elf Kurzgeschichten, jede für sich eine Delikatesse. Thema ist der Alltag im Revier, das Leben und Arbeiten, Lieben und Leiden zwischen 1960 und heute. Der Ort der Handlung bildet den Rahmen: ein fiktives, stillgelegtes Hotel irgendwo im Ruhrgebiet, eben das Hotel Garni.